KB267882

신풍기협

Fantastic Oriental Heroes

윤시현 新무협 판타지 소설

신풍기협 10

윤신현 新무협 판타지 소설

초판 1쇄 찍은 날 § 2013년 9월 16일
초판 1쇄 펴낸 날 § 2013년 9월 24일

지은이 § 윤신현
펴낸이 § 서경석

편집부장 § 권태완
편집책임 § 박은정

펴낸곳 § 도서출판 청어람
등록번호 § 제1081-1-89호
등록일자 § 1999. 5. 31
어람번호 § 제2-2402호

주소 § 경기도 부천시 원미구 심곡2동 163-2 서경B/D 3F (우) 420—822
전화 § 032-656-4452 팩스 § 032-656-4453
http://www.chungeoram.com
E-mail § chungeorambook@daum.net

ⓒ 윤신현, 2013

ISBN 978-89-251-3478-9 04810
ISBN 978-89-251-3014-9 (세트)

신풍기협

神風奇俠

윤신현 신무협 판타지 소설

FANTASTIC ORIENTAL HEROES

⑩

[완결]

도서출판 청어람

목차

第七十四章
마제행(魔帝行)

스르르르.

어디선가 불어온 바람에 나뭇가지가 부드럽게 흔들렸다. 그 모습이 마치 춤을 추듯 아름다웠다. 하지만 산길을 오르는 사람들은 그 풍경을 전혀 보고 있지 않았다.

스스슥!

열 명이 넘는 인원이 움직이는데 발자국 소리가 전혀 나지 않았다. 그것으로 보아 사내들의 무공 수위가 상당함을 알 수 있었다.

"시간대가 좋군."

“피를 흘리기에 아주 좋은 시간대인 것 같습니다.”

“영원히 자기에 말이지?”

“그렇습니다, 지존.”

소림사의 산문이 희미하게 보이는 거리에서 멈춰선 섭천화가 문득 보름달이 떠 있는 하늘을 올려다보며 중얼거렸다. 그러자 반보 뒤에 서 있던 진마수호대주가 기다렸다는 듯이 대답했다.

“본좌는 예전부터 궁금한 게 하나 있다.”

“그것이 무엇인지요.”

“지금까지 단 한 번도 패배한 적이 없다던 백팔나한진의 위력이 본좌는 늘 궁금했지.”

“그 전설은 오늘 막을 내릴 것입니다.”

“후후후후!”

진마수호대주가 확신하듯 말하자 섭천화가 웃음을 흘렸다. 그의 기분을 흡족하게 만드는 대답이었기에 웃음이 절로 나온 것이었다. 하지만 섭천화와는 다르게 진마수호대의 분위기는 사뭇 경직되어 있었다. 아마도 강호에서 태산북두라 불리는 소림사를 눈앞에 두어서 그런 듯싶었다.

“잡담은 이쯤하고, 들어가자.”

“예, 주군.”

움직이기 전 슬쩍 진마수호대를 훑은 섭천화가 묘한 표정을 지은 채로 걸음을 옮겼다. 한데 지금까지와는 다르게 섭천화는 경공을 펼치지 않았다. 보통의 사람들처럼 평범한 걸음걸이로 소림사의 산문을 향해 걸어갔다. 그러자 산문을 지키던 소림제자들이 섭천화와 진마수호대를 발견하고는 느릿하게 합장해 왔다.

“시주. 오늘 공양은 끝났습니다. 그러니 내일 아침에 다시 오시지요.”

산문을 지키고 있던 두 소림제자 중 한 명이 섭천화를 향해 돌아갈 것을 정중히 권유했다. 하나 섭천화는 그런 소림제자의 말을 듣고도 피식 웃기만 할 뿐 다가가는 것을 멈추지 않았다. 그에 입을 열었던 소림제자의 눈에 의아함이 떠올랐다. 보통 이렇게 말을 하면 발걸음을 멈추게 마련인데 섭천화를 비롯한 사내들은 그렇지 않아서였다. 그래서 소림제자는 미간을 살짝 좁히며 다시 입을 열려고 했다.

“시끄럽다.”

스극.

“어……?”

말을 하려던 소림제자가 두 눈을 휘둥그레 떴다. 왠지 모르게 입술에 감각이 없는 듯해서였다. 그래서 그는 옆에 있는 사제에게 무슨 일이 일어난 건지 묻기 위해 고개를 돌렸다. 한데 아무리 고개를 돌려도 시선이 움직이지 않았다.

‘이게 무슨 일이지?

시간이 멈춘 것 같은 느낌과 함께 그는 정신이 희미해짐을 느꼈다. 그러다가 이내 세상에 칠흑처럼 어두워졌다.

털썩!

“대, 대현 사형!”

가슴에 구멍이 뻥 뚫린 채로 힘없이 허물어지는 사형의 모습에 옆에 있던 대공이 화들짝 놀라며 소리쳤다. 갑작스런 그의 죽음에 충격에 빠진 것이었다. 그로 인해 대공은 경종을 쳐야 한다는 사실도 잊고서 몸을 부르르 떨었다.

“치워라.”

“존명!”

대현의 죽음에 어쩔 줄을 모르고 멍하니 서 있는 대공의 모습에 섭천화가 짧게 명령을 내렸다. 이윽고 대공의 육신이 대현의 옆에 나란히 쓰러졌다.

저벅저벅.

무당파의 해검지와 마찬가지로 가차없이 산문을 지키는 문지기들을 처리한 섭천화가 느긋한 걸음걸이로 소림사 경내에 들어섰다. 그러자 가장 먼저 그윽한 향내음이 가득 맡아졌다.

“잠시 멈추시게나.”

“음?”

사찰 특유의 정갈함과 향내음에 구경하듯 소림사를 둘러보던 섭천화가 갑자기 들려오는 음성에 발걸음을 멈췄다. 그리고는 목소리가 들려온 곳을 향해 고개를 돌렸다.

"굳이 안까지 들어갈 필요가 있겠나?"

"호오. 본좌가 올 줄 알고 있었나?"

"그렇다네."

초라해 보일 정도로 왜소한 체구를 가진 노승이 하늘을 잠시 올려다본 후 섭천화를 바라보며 대답했다. 그에 섭천화가 의미심장한 미소를 지으며 말을 이었다.

"검선과는 다르군."

"당연하지 않겠나. 그와 나는 엄연히 다른 존재인데. 그보다 나를 따라오겠는가?"

"본좌가 소림사를 찾아온 목적도 알고 있나?"

섭천화가 살짝 놀란 표정을 지었다. 왜냐하면 노승은 마치 그의 속내를 다 알고 있는 것처럼 말했기 때문이다. 그러나 그는 이내 표정을 가다듬었다.

"대충 짐작은 하고 있네. 그래서 이렇게 찾아온 것이기도 하고."

"그렇군. 하지만 당신과 겨루기 전에 먼저 할 일이 있다."

"가급적이면 나와 먼저 겨루었으면 하는데 말일세."

노승이 차분한 음성으로 말했다. 그러나 그 음성 속에는 약간의 강요도 담겨 있었다.

"그건 아무래도 힘들 듯싶군."

섭천화가 고개를 저었다. 성승과의 대결도 중요했지만, 그만큼 백팔나한진을 견식하는 것도 중요했다. 때문에 섭천화는 고집스러운 표정으로 성승 담현을 바라봤다.

"무엇 때문에 그러는 것인가?"

"이왕 소림사까지 왔는데 백팔나한진을 견식해 봐야 하지 않겠나. 후후!"

"전설을 깨고 싶은 모양이군."

"그렇다."

담현이 섭천화를 지그시 바라봤다. 그의 마음이 진심인지 아닌지를 확인해 보기 위해서였다. 한데 약간은 들떠 있는 기색으로 보아 진심인 것 같았다.

"만약 빈승이 허락하지 않는다면?"

"사문에 자신감이 없는 늙은이로 기억되겠지."

"허허허!"

은근히 굴욕을 주는 섭천화의 말에 담현이 헛웃음을 흘렸다. 한마디 말로 자신을 옹졸하게 만드는 능력에 감탄한 것이었다. 하지만 그렇다고 담현은 그 말에 흔들리지 않았다. 대신 지금까지와는 다르게 눈을 빛내며 섭천화를 직시했다.

"백팔나한진은 준비하는 데 시간이 좀 걸리네. 그러니 나와 우선 겨루어 보지. 어찌 됐든 소림사에 찾아온 목적은 그게 아닌가.”

“천기를 읽는다더니, 진짜인 거 같군.”

섭천화가 내심 놀란 기색을 감추며 입을 열었다. 그리고 한편으로는 기대가 되었다. 그가 알기로 성승 담현 대사의 무위는 검선 현강 도장보다도 높았기 때문이다. 그렇기에 섭천화는 어쩔 수 없다는 듯이 고개를 끄덕였다.

“마음을 정한 듯싶으니, 따라오시게.”

“약속은 지켜야 할 것이다.”

“그 부분에 대해서는 걱정할 필요 없네. 말하지 않아도 그럴 것이니.”

“후후. 시원시원해서 좋군.”

몸을 돌려 걸어가는 담현을 바라보며 섭천화가 히죽 웃었다. 그러면서 그는 신형을 옮겨 담현의 뒤를 따랐다. 이윽고 섭천화는 소림사와 약간 떨어진 공터에 도착했다.

“이곳 정도면 괜찮지 않나?”

“약간 좁은 감이 없지 않아 있지만, 크게 부족하진 않겠군.”

널찍한 공터를 크게 훑어보며 섭천화가 고개를 끄덕였다. 그에 담현이 빙그레 웃은 후 두 주먹을 가볍게 쥐었다.

“그럼 시작하지.”

"의외로 성격이 급하군."

"이게 그대가 원하는 것이라고 생각하는데, 아닌가?"

담현의 물음에 섭천화가 미소 지었다. 너무나 정확히 자신의 의중을 꿰뚫어 보니 신기한 것이었다.

"정확해."

"그러니 시작하지. 피차 시간을 끌어서 좋을 것은 없으니까."

스윽.

대화를 마친 담현이 진지한 표정으로 소림사 특유의 강맹한 기세를 흘리며 자세를 잡았다. 그에 섭천화 역시 경시하지 못하며 진천마검을 뽑았다. 그러자 공터에 스산한 살기가 가득 차기 시작했다.

파아앗!

잠시 섭천화를 바라보던 담현이 먼저 움직였다. 한데 땅을 박찰 때에는 담현이 하나뿐이었는데 지척까지 다가왔을 때에는 아홉 명으로 늘어나 있었다.

"극성에 이른 연대구품(蓮臺九品)이로군!"

아홉 명의 담현이 각기 다른 자세로 공격해 오자 섭천화가 눈을 빛내며 소리쳤다. 강호에서 오랫동안 모습을 드러내지 않았던 연대구품을 보게 되자 감탄한 것이었다. 하지만 감탄은 감탄일 뿐 섭천화는 진천마검을 움직여 담현의 공격을 모조리 막아냈다.

티티티티팅!

사방에서 쏟아져 들어오는 담현의 공세를 모조리 튕겨내며 섭천화가 좌수를 크게 흔들었다. 그러자 그의 장심에서 막대한 경력이 구름처럼 일어나 담현에게 쇄도해 갔다.

"흐읍!"

묵직하게 일어난 묵빛의 경력에 담현이 침음을 흘리며 뒤로 물러났다. 정면으로 부딪치기에는 섭천화의 기운이 너무 거세서였다. 그래서 담현은 부딪치기보다는 섭천화의 힘을 이용해 자연스럽게 거리를 벌리고서 정권을 내질렀다.

파파팡!

자연스럽게 내뻗어진 정권에 허공에서 강맹한 파공음이 터져 나오며 보이지 않는 무언가가 섭천화에게 쇄도했다. 하지만 섭천화는 보이지 않는 기운이 선명히 느껴지기라도 하는 것처럼 당황하지 않고 진천마검을 들어 무형강기를 막아냈다.

"연대구품에 이은 백보신권(百步神拳)이라. 아주 좋군."

진천마검의 검신으로 담현의 백보신권을 막아낸 섭천화가 빙긋 웃으며 말했다. 그러나 웃고 있는 섭천화와는 달리 담현의 표정은 그다지 좋지 않았다. 연대구품에 이어 백보신권을 펼쳤음에도 불구하고 큰 타격을 입히지 못해서였다.

'확실히 강하긴 하군.'

그동안 마종의 그늘에 가려 있어서 그렇지 섭천화 역시 천하제일을 넘볼 자격이 있는 강자였다. 그 사실을 이번 격돌로 충분히 느낀 담현이 내심 쓸쓸하게 중얼거렸다.

"무슨 생각을 그리 골똘히 하지?"

"그대에 대해서 생각을 좀 했네."

"호오. 나에 대해서 말인가?"

생각지도 못한 말을 들어서일까. 섭천화가 평소에는 짓지 않는 호기심 어린 표정으로 반문했다.

"그렇다네."

"무슨 생각을 했지?"

"생각보다 강하다는 생각?"

"후후후!"

솔직한 담현의 말에 섭천화가 흡족한 표정을 지었다. 비록 추구하는 바는 다를지라도 극에 닿아 있는 담현이 자신을 인정하는 듯이 말하자 기분이 좋아졌던 것이다. 그래서 섭천화는 특별히 아량을 베풀어 주기로 마음먹었다. 고통 없이 깔끔하게 죽여주기로.

"다시 시작하지."

스스슥!

짧은 대화를 마치고 담현이 다시 달려들었다. 한데 이번에도 그가 펼친 무공은 연대구품이었다. 분명 방금 전에 펼쳐서 실패했는데 말이다.

"고집이 있군."

뚝심 있게 연대구품을 펼치는 담현의 모습에 섭천화가 비릿한 표정을 지으며 진천마검을 휘둘렀다. 그러자 그의 검에서 짙은 묵광의 검강이 해일처럼 일어나 아홉 명의 담현을 향해 짓쳐 들었다.

콰콰콰쾅!

이윽고 아홉 명의 담현과 섭천화의 검강이 허공에서 충돌했다. 그런데 결과는 좀 전과 사뭇 달랐다. 무기력할 정도로 힘없이 물러났던 좀 전과 달리 담현은 조금도 밀려나지 않았다. 마치 천근추(千斤錘)의 수법이라도 쓴 것처럼 제자리에 곧추서서 정면으로 섭천화의 검파(劍波)에 맞섰다.

"호오!"

그 모습에 섭천화가 의외라는 표정을 지었다. 처음과는 정반대의 대응을 보여주는 담현의 모습에 살짝 놀란 것이었다. 하지만 이내 그는 흥겨운 표정을 지었다. 도망만 다니는 상대와 싸우는 것보다는 이처럼 적극적으로 공방을 주고받는 싸움이 훨씬 재미있었기 때문이다.

"그럼 이건 어떨까."

섭천화가 씨익 웃으며 검을 기묘하게 휘둘렀다. 그러자 그

가 그리는 궤적에 따라 핏빛 폭풍이 거세게 일어나 재차 담현
을 덮쳐갔다.

"흐으음!"

단지 보는 것만으로도 정신을 아득히 만드는 거대한 핏빛
폭풍에 담현이 미간을 좁혔다. 굉장하다 못해 엄청난 섭천화
의 공격에 질린 것이었다. 하지만 그런 것치고 담현의 대처는
상당히 노련했다.

파파파팡!

연대구품을 운용한 상태에서 여래천수법(如來千手法)을 펼
쳐 섭천화의 무지막지한 공세를 막아낸 것이다. 그뿐만 아니
라 담현은 처음으로 반격을 가하기도 했다.

씨이이잉!

한줄기의 금빛 섬광이 무시무시한 기세로 섭천화의 심장
을 향해 쇄도했다. 그야말로 찰나를 가르는 무서운 일격이었
다.

"흠!"

눈으로 보는 게 오히려 늦을 정도로 빠르게 쇄도해 오는 섬
광에 섭천화가 처음으로 얼굴을 굳혔다. 정체를 알 수 없는
무언가가 다가오는 속도가 너무나 위협적이어서였다. 그래
서 섭천화는 반사적으로 진천마검을 들어 올렸다.

꽝!

이윽고 금빛 섬광과 진천마검이 부딪쳤다. 그러자 묵직한 충격이 손목에 전달됐다. 하지만 섭천화는 얼얼한 손목을 쓰다듬을 시간이 없었다. 왜냐하면 마치 폭격처럼 금빛 섬광이 연달아 날아왔기 때문이었다.

씨이잉! 씨잉!

무차별적으로 쇄도해 오는 금빛 섬광에 섭천화가 마안을 빛내며 천마신공(天魔神功)을 일으켰다. 그러자 그의 전신에서 막대한 마기가 폭사되며 칠흑처럼 검은 날개가 펼쳐졌다.

콰콰콰쾅!

활짝 펼쳐진 검은 날개는 완벽할 정도로 섭천화의 신형을 감싸 안았다. 마치 호신강기처럼 조금의 빈틈도 없이 섭천화를 휘감았던 것이다.

투두두둑…….

귀가 먹먹해질 정도의 굉음이 끝나고 하늘 높이 치솟았던 흙더미들이 땅 위로 떨어져 내렸다. 그로 인해 주위에 먼지 구름이 가득 피어올랐다. 하지만 그러한 주변 상황에도 불구하고 담현과 섭천화는 처음과 같은 신색으로 서로를 바라보기만 했다.

"천마신공인가."

"극성(極成)을 넘어 대성(大成)을 이룬 천마신공이지."

섭천화가 자부심이 가득 담긴 음성으로 대답했다. 그러자 검은 날개가 반응하듯 천천히 펄럭거렸다. 마치 자아가 있는 듯한 움직임이었다.

"대단하군."

담현이 애써 착잡한 기색을 숨기며 입을 열었다. 나름 회심의 공격이었는데 이처럼 완벽히 막히니 가슴이 답답해져 왔다. 하지만 이제 막 시작이라는 생각을 하며 담현은 착잡한 감정을 추슬렀다.

"이 정도는 되어야 마제라고 칭할 수 있지 않겠나. 후후! 그나저나 방금 전에 날린 게 금강신지(金剛神指)인가?"

"그렇다네."

"확실히 위력이 대단하군. 신지(神指)라는 이름이 아깝지 않을 정도야."

섭천화는 방금 전의 공격을 떠올렸다. 가공할 정도의 속도로 파고드는 빛줄기들을. 만약 호신강기로만 막으려 했다면 큰 낭패를 면치 못했을 터였다. 그렇게 생각하자 섭천화는 새삼 소림무공의 대단함을 다시 한 번 느낄 수 있었다. 그리고 왜 소림사를 태산북두라 하는지도.

"그러면 뭐하는가. 정작 원하는 바를 이루지 못했는데."

"후후후! 아쉬운 모양이로군."

"당연히 그렇지 않겠나. 일찍 끝낼 수 있는 일은 일찍 끝내는 게 좋으니까."

"호오. 날 어찌할 수 있을 거라 생각한 모양이로군? 천기가 그럴 수도 있다고 알려주던가?"

섭천화가 사뭇 궁금하다는 눈빛으로 물어왔다. 마치 점쟁이에게 점을 물어보는 듯한 표정이었다. 그에 담현이 맑고 깊은 눈동자로 하늘을 올려다봤다. 어둠이 짙게 내려 별이 더욱더 밝게 빛나는 하늘을.

"하늘은 그저 보여주기만 할 뿐이네. 대답은 해주지 않지. 그리고 그리 친절하지도 않고."

"그렇다면 예측의 수준이로군. 해석에 따라 달라지는."

"그렇다고 볼 수도 있지."

섭천화가 턱을 쓰다듬었다. 자신은 할 수 없는 일이었기에 궁금하기도 하고 재미있기도 했던 것이다. 그리고 한편으로는 담현이 본 스스로의 미래가 궁금하기도 했다. 물론 짐작이 가기는 했지만 말이다.

"그럼 다시 시작해 볼까. 소림사가 자랑하는 일흔두 가지의 무공을 모두 견식하려면 시간이 제법 오래 걸릴 테니."

"아쉽지만 빈승은 칠십이종절예를 모두 습득하지 못했네. 기껏해야 반만 익혔을 뿐이지."

"그러니까 서른여섯 개만 익히고도 성승이 되었다?"

묘하게 자부심이 담긴 듯한 담현의 말에 섭천화가 재미있다는 표정을 지었다. 눈치 빠른 그는 담현이 에둘러 소림무공의 대단함을 말했다는 사실을 파악한 것이다.

"그렇다는 말이 아니네. 다만 빈승이 익힌 게 서른여섯 개뿐이라는 소리지."

"후후후!"

섭천화가 웃음을 흘렸다. 애써 수습하려 하는 담현의 모습이 우스워서였다. 하지만 어느 정도는 인정했다. 소림무공은 확실히 대단했기 때문이다.

'그래 봤자 본좌의 무공에 비하면 조족지혈에 불과하지만.'

금강신지는 분명 그를 잠시나마 긴장하게 만들었다. 하지만 그뿐이었다. 긴장하게 만들기는 했으나 두렵게 만들지는 못했다. 그 차이는 생각보다 컸기에 섭천화는 비릿하게 웃으며 일보를 내디뎠다.

쿠웅!

묵직한 발 구름 소리와 함께 이번에는 섭천화의 신형이 아홉 개로 나누어졌다. 담현이 펼쳤던 연대구품처럼 섭천화 역시 신형을 아홉 개로 나눈 것이었다.

그 모습에 담현이 두 눈 가득 긴장한 기색을 띠고서 땅을 박찼다.

콰콰콰쾅!

이윽고 허공에서 폭음이 터져 나오기 시작했다. 두 사람이 본격적으로 격돌하자 폭발이 끊임없이 이어졌던 것이다. 또한 주위의 지형 역시 뒤바뀌기 시작했다. 천번지복(天飜地覆)이란 말이 절로 떠오를 정도로 주변이 초토화되었다. 하나 두 사람은 오직 상대방에게만 집중했다.

쩌어엉! 쩌어어엉!

담현의 두 주먹이 연신 허공을 격했다. 소림칠십이종절예(小林七十二種絶藝) 중 하나이자 항마(降魔)의 성향이 가장 강한 금강복마권(金剛伏魔圈)이었다. 그로 인해 허공에는 금빛 권강이 쉬지 않고 번뜩였다. 섭천화의 마기를 흩어버리기 위해 담현이 끊임없이 공격했던 것이다. 하지만 그러한 담현의 노력에도 불구하고 섭천화의 좌우로 크게 펼쳐진 검은 날개는 좀처럼 기세를 잃지 않았다. 아니, 더욱더 기세를 피워 올리며 주변을 휩쓸었다.

"흐으읍!"

농밀한 마기로 이루어진 검은 날개가 펄럭이지 엄청난 풍압이 담현을 밀어냈다. 천근추를 펼쳤음에도 제자리에 서 있기 힘들 정도의 어마어마한 풍압이었다. 그에 담현이 얼굴을 굳히며 좌수를 크게 펼쳤다.

촤라라락!

담현은 마치 검을 휘두르듯이 손날을 움직였다. 그러자 한 줄기 예리한 기세가 일어나 검은 날개가 일으킨 풍압을 반으로 갈랐다. 하지만 그뿐 정작 섭천화에게 닿지는 못했다.

"벌써 힘이 빠졌나?"

"그럴 리가 있겠나. 빈승이 나이는 많이 먹었어도 체력은 아직 청춘이라네!"

"그것 참 다행스럽군. 지쳤으면 실망할 뻔했는데."

파파파팟!

갈라진 풍압 사이로 담현이 신형을 날렸다. 이윽고 담현의 신형이 순식간에 섭천화의 지근거리까지 접근하며 두 손이 기기묘묘하게 움직였다. 그에 섭천화가 두 눈을 빛냈다.

강맹함으로 대표되는 소림무공과는 미묘하게 다른 무공에 흥미가 일었던 것이다.

스스스스!

담현이 그리는 기묘한 궤적에 따라 주위의 기운이 미세하게 변화하기 시작했다. 마치 담현을 중심으로 기운들이 움직이는 것 같은 느낌이 들었던 것이다. 한데 이상하게 압박감은 느껴지지 않았다. 그저 위화감만 피부로 느껴졌다.

'어디 한번 봐볼까.'

두렵다기보다는 기대가 되는 담현의 모습에 섭천화가 진천마검을 늘어뜨리고서 기광을 번뜩였다. 이윽고 준비가 끝났는지 담현의 쌍수가 그를 향해 뻗어왔다.

콰콰콰콰!

기기묘묘한 궤적을 그리던 담현의 쌍수가 활짝 펼쳐진 순간 섭천화는 볼 수 있었다. 인세에 강림한 천수관음을.

꽈과과과광!

일시에 뿌려지는 천수장(千手掌)의 위력은 그야말로 경천동지할 정도였다. 그렇기에 천하의 섭천화조차 한순간 심장이 벌렁거렸다. 하나하나가 모두 진짜인 수강(手罡)을 전부 받아내기란 그에게도 쉽지 않은 일이었기 때문이다.

"후욱! 후욱!"

대승반야선공(大乘般若禪功)의 기운을 일수에 모조리 쏟아부은 담현이 가쁜 숨을 몰아쉬었다. 그러나 나이 때문인지 한번 바닥난 체력은 좀처럼 채워질 기미를 보이지 않았다.

"이번 공격은 좀 위험했어. 설마하니 이렇게 빨리 절초를 펼칠 줄은 몰랐거든."

툭. 투욱.

짙은 먼지 구름 사이로 모습을 드러낸 섭천화가 평온한 유성으로 입을 열며 옷에 묻은 흙먼지를 털었다. 그러자 담현의 안면이 딱딱하게 경직되었다. 전심전력을 다해 일격을 펼쳤음에도 불구하고 섭천화에게 그다지 큰 타격을 입힌 것 같지 않아서였다.

"표정을 보아하니 많이 아쉬운 모양이로군."

"차마 아니라고 말하지 못하겠군."

담현이 아쉬운 기색을 숨기지 않고서 대답했다. 그러자 섭천화가 씨익 웃으며 입을 열었다.

"그럴 만도 해. 이만한 공격이라면 누구라도 막아내지 못했을 테니까. 다만 상대가 나빴을 뿐이지."

섭천화가 약간 거들먹거리듯이 말했다. 마치 자신이니까 막아냈다는 투였다. 그에 담현이 미약하게 고개를 끄덕였다. 어느 정도는 인정한다는 표정이었다.

"하지만 너무 스스로를 과신하지는 마시게. 승부는 지금부터 시작이니까."

"그렇다면 다행이고."

파바바방!

빙긋 웃으며 대답하는 섭천화의 얼굴로 무지막지한 권격이 뻗어져 나갔다. 그야말로 묵직한 일권이었다.

쩌정!

거의 전신만 한 크기로 쇄도해 오는 권강을 섭천화는 좌수를 펼쳐 정면으로 받아냈다. 예전 강진혁에게 펼친 바 있는 천마수(天魔手)로 담현의 일권을 받아낸 것이다.

"하아압!"

두 개의 거대의 기운이 충돌로 소멸된 그 순간, 담현이 처음으로 기합성을 터뜨렸다. 그러자 그의 전신에서 눈부신 금광이 솟구치며 섭천화의 검은 날개를 압박했다. 대승반야선공이 지닌 강력한 항마지기가 섭천화의 천마신공을 조금이지만 흔들어 놓았던 것이다. 그에 섭천화가 두 눈에 살짝 의외라는 표정을 지었다.

대성을 이뤄 완벽해진 천마신공이 조금이나마 흔들리자 믿기지가 않았던 것이다. 하지만 그렇다고 승부에 크게 영향을 끼칠 정도는 아니었다. 그저 약간의 의외 정도. 그렇기에 섭천화는 파도처럼 잔잔하게 파고드는 대승반야선공의 항마지기를 오직 마기만으로 밀어내며 쇄도하는 담현을 향해 진천마검을 휘둘렀다.

쌔애애액!

맹렬한 파공음과 함께 피처럼 붉은 검신을 지닌 진천마검이 허공에 기다란 선을 그렸다. 그리고 그 궤적의 끝은 정확히 담현의 심장을 향하고 있었다.

터엉!

하나 매서운 기세로 파고들던 진천마검의 검극은 담현의 심상에 닿지 못했다. 소림사 특유의 강맹한 기운이 담긴 담현의 일장이 진천마검을 튕겨냈기 때문이었다. 그리고 동시에 담현의 좌권이 묵직한 경력을 뿌리며 섭천화의 가슴을 향해 뻗어 갔다.

"근접전인가. 그것도 나름 괜찮지."

순식간에 간격을 좁히고서 주먹을 뻗어오는 담현을 보며

섭천화가 빙긋 웃었다. 담현의 시도가 나쁘지 않아서였다.

퍼엉! 퍼퍼펑!

다만 담현의 시도는 시도만 좋을 뿐이었다. 주먹을 뻗으면 닿을 정도로 아주 가까운 거리였음에도 불구하고 정작 담현의 주먹은 빈 허공만 갈랐다.

아주 미묘한 차이로 섭천화가 담현의 맹공을 모조리 피해 냈던 것이다.

"후우! 후우!"

시간이 흐를수록 담현의 호흡은 점점 거칠어져 갔다. 마종과의 대결 이후 꾸준히 체력을 단련해 과거보다는 확실히 나아졌지만, 그래도 나이를 뛰어넘기는 어려웠다. 때문에 담현의 호흡은 시간이 갈수록 점차 가빠져 갔다.

'이대로는 불리하다.'

맹공을 퍼붓는 담현의 두 눈이 깊게 가라앉았다. 자신은 급격하게 지쳐 가는데 섭천화는 시간이 흘러도 호흡이 흐트러지지 않으니 위기감이 강하게 든 것이다. 그렇기에 담현은 아라한신권(阿羅漢神拳)을 극성으로 펼치면서 섭천화를 어떻게 하면 쓰러뜨릴 수 있을지에 대해서 궁리하고 또 궁리했다.

"슬슬 부담이 되는 모양이지? 체력적으로든, 무공으로든."

"으음!"

폭우처럼 쏟아지는 권강 속에서 섭천화가 입을 열었다. 마치 산책이라도 하는 듯한 평온한 말투였다. 그에 담현이 침음을 흘렸다. 공격을 펼치는 자신은 한마디 꺼내기가 어려운데 섭천화는 너무나 편안하게 말을 하니 무위의 격차가 새삼 느껴졌던 것이다.

"놀라운 모양이군. 본좌가 말한 것이. 하지만 이건 당연하다. 왜냐하면 본좌가 당신보다 강하기 때문이지."

뻐어어엉!

진천마검의 검극에서 무지막지한 기운이 터져 나왔다. 바로 강기의 극의라고도 표현되는 검환이 발현된 것이었다.

"큭!"

파죽지세의 기세로 권강들을 관통하며 쇄도하는 검환의 모습에 담현이 다급히 진기를 끌어올렸다. 그러자 그의 전신을 은은히 감싸고 있던 금광이 선명해지면서 팽창했다.

꽈아아앙!

이윽고 섭천화의 검환과 담현의 호신강기가 격돌했다. 그러자 어미어마한 굉음과 함께 땅이 뒤흔들렸다. 충격이 엄청났기에 지반이 견뎌내질 못한 것이었다.

"흐음. 막았나?"

"허억! 헉! 헉!"

직경이 십 장은 가뿐히 넘을 법한 구덩이 위에 두둥실 떠있던 섭천화가 입을 열었다. 그러자 먼지 구름 속에 가려져 있던 담현의 모습이 서서히 보이기 시작했다. 갈가리 찢긴 승복을 입고 있는 그의 모습이.

"여력이 남아 있었군. 본좌는 솔직히 이번 공격에 끝났을 거라 생각했는데."

"확실히 위험했네. 내공이 간당간당했으니 말일세."

"그 말은 아직도 조금 남아 있다는 소리로 들리는데."

"정확하네."

우우우웅!

금방이라도 쓰러질 듯이 비틀거리던 담현이 자세를 바로하며 두 주먹을 맞닿게 했다. 그러자 그의 겹쳐진 주먹 사이에서 상당히 위험스러운 공명음이 흘러나오기 시작했다. 동시에 막대한 기파가 담현의 전신에서 터져 나왔다.

"최후의 일격인가."

엄청난 집중력을 보이는 담현의 모습에 섭천화가 늘어뜨렸던 진천마검을 바로 세웠다. 담현이 마지막 일격을 준비하는 것처럼 그 역시 마무리를 짓기 위해서였다.

"차하합!"

이윽고 담현이 쌍권을 내질렀다. 그러자 그의 두 주먹 사이에서 눈부신 금광이 번뜩이며 무언가가 쏜살같은 기세로 섭천화에게 날아갔다.

쌔애애액!

맹렬한 파공음을 사방천지에 흩뿌리며 날아가는 금광(金光)은 그 자체로도 어마어마한 위력을 지니고 있었다. 그에 섭천화는 감히 경시하지 못하며 진천마검을 크게 휘둘렀다. 그러자 지금까지와는 사뭇 다른 가느다란 검강이 뿜어져 나와 담현이 뿌린 강환을 향해 나아갔다.

쐐아아아아앙!

최후의 일격답게 충돌의 여파는 그야말로 상상을 초월했다. 지금까지의 여파는 마치 장난이라는 듯 엄청난 굉음과 함께 무지막지한 충격파가 사방을 휩쓸었다. 그로 인해 공터 자체가 완전히 사라졌다. 말 그대로 소멸했던 것이다. 하지만 그 엄청난 폭발 속에서도 두 사람은 여전히 살아 있었다.

털썩!

짙게 일어난 먼지 구름으로 인해 아무것도 보이지 않을 때, 폭발의 중심지에서 무언가가 바닥에 닿는 소리가 들려왔다. 동시에 거친 호흡 소리도 들렸다.

"잘 봤다, 성승."

"……여기까지로군."

잠시 후 뿌연 먼지 구름이 걷히며 장내의 광경이 눈에 들어왔다. 한쪽 무릎을 꿇고 있는 담현의 모습과 그 앞에 오연히 서 있는 섭천화의 모습이. 특히 섭천화는 승자답게 얼굴 가득 거만한 표정을 짓고서 담현을 내려다보고 있었다.

“자부심을 가져도 된다. 날 이렇게까지 몰아붙인 것은 당신이 처음이니까.”

“그럴 테지. 아직 제대로 겨뤄보지 못했을 테니.”

“그게 무슨 말이지?”

모든 것을 내려놓은 표정으로 말하는 담현을 바라보며 섭천화가 미간을 찌푸렸다. 왠지 모르게 담현의 말이 의미심장하게 다가왔기 때문이었다. 하지만 담현은 그러한 섭천화의 마음을 알면서도 알쏭달쏭한 표정만 지은 채 입을 열지 않았다.

“본좌가 무슨 말이냐고 물었다, 성승.”

“전설은 괜히 전설이 아니라네, 천마성.”

“……본좌는 마제다.”

섭천화의 얼굴이 더 이상 굳어질 수 없을 정도로 딱딱하게 경직됐다. 동시에 그의 전신에서 엄청난 살기가 뿜어져 나왔다. 지금까지 능글맞던 모습이 마치 거짓말처럼 말이다.

“세 사람은 강하다네. 자네가 생각하는 것보다 더더욱.”

“나보다 말인가?”

극도로 분노한 상태이면서도 궁금한 것은 어쩔 수가 없는지 섭천화가 두 눈을 부릅뜨며 물었다. 그에 담현이 빙그레 웃으며 고개를 끄덕였다.

“그렇다네.”

"그럴 리가 없다."

"정말 그렇게 생각하나? 자네가 본 것이 전부라고?"

후우우웅!

겨울이 왔음을 알려주듯 서늘한 바람이 쑥대밭이 되어버린 공터를 휘감았다. 그러나 정작 섭천화는 그 한기를 느끼지 못하고 있었다. 그저 믿을 수 없다는 눈빛으로 담현만 뚫어져라 바라봤다.

"그럼 아닌가?"

"빈승은 운 좋게 신풍과 마종의 대결을 볼 수 있었네. 그리고 마종과는 직접 겨루기도 했지."

"그래서 확신한다?"

담현은 대답하지 않았다. 대신 빙긋 웃어 보이는 것으로 대답을 대신했다. 한데 섭천화는 그러한 대답이 마음에 들지 않는지 거칠게 진천마검을 휘둘렀다.

"그 표정, 마음에 들지 않는군."

스극!

진천마검의 검극이 섬광을 뿌린 순간, 담현의 오른팔이 어깻죽지부터 잘려 나갔다. 담현의 미소를 지우기 위해 무인에게 있어 가장 소중한 부분인 팔을 자른 것이었다. 하나 섭천화의 그러한 행동에도 불구하고 담현은 미소를 거두지 않았다. 어차피 죽을 것임을 알기에 오른팔을 잃었음에도 그다지 아쉬워하지 않는 것이었다. 죽음과 비교하면 사지육신은 아무것도 아니었기에.

"거슬리는군."

서걱!

오른팔이 잘렸음에도 미소를 거두지 않는 담현의 모습에 섭천화가 신경질적으로 진천마검을 휘둘렀다. 그러자 이번에는 왼팔이 잘려 나갔다. 하지만 그럼에도 담현의 눈빛은 담담했다.

"머지않아, 만나게 될 것이네. 그리고 알게 되겠지. 이 모든 것이 한순간이라는 것을."

"불가의 가르침 따위, 관심 없다."

죽음을 앞에 두고서도 부처인 양 인자한 미소를 짓고 있는 담현의 모습이 꼴 보기 싫어 섭천화가 두 다리를 한꺼번에 잘라 버렸다. 그러자 담현의 신형이 자연스럽게 앞으로 고꾸라졌다. 사지를 잃었기에 허리를 세우고 서 있을 수가 없었던 것이다.

"그리고 한 가지 더. 삶은 뿌린 만큼 거둬지는 법이라네. 허허허!"

"그만 닥쳐라."

툭!

더 이상 담현의 말을 듣기 싫었는지 섭천화가 검을 움직여

목을 베어냈다. 이윽고 강호에서 성승이라 불리며 추앙받았던 담현의 머리가 바닥에 떨어져 힘없이 굴렀다. 입가에는 여전히 미소를 띤 채로.

"수고하셨습니다, 지존."

웃는 표정으로 죽은 담현의 얼굴을 지그시 바라보는 섭천화에게 진마수호대주가 조심스럽게 다가와 입을 열었다. 섭천화가 풍기는 분위기가 심상치 않기에 조심하는 것이었다. 하나 섭천화는 그러한 진마수호대주의 말에도 별다른 대꾸를 하지 않았다. 그저 타오르는 눈으로 담현의 잘린 수급을 노려보기만 했다.

타타타탓!

한데 그때 상당수의 인원이 이곳으로 다가오는 게 느껴졌다. 언뜻 느껴지는 숫자가 백 명이 훌쩍 넘었다. 그에 진마수호대주를 제외한 열한 명의 진마수호대원이 눈을 빛내며 몸을 돌렸다. 다가오는 손님을 맞이하기 위해 준비하는 것이었다.

"아아!"

잠시 후 하나같이 황색의 승복을 입고 있는 무리가 공터에 도착했다. 바로 소림사의 제자들이었다. 한데 다가오는 소림 제자들의 기세가 심상치 않았다. 불가의 제자답지 않게 사나운 기세를 흩뿌리며 다가왔던 것이다. 그중에서도 선두에 선

장년인의 기세가 유독 사나웠다.

"사부님……."

낡은 가사(袈裟)를 입고 있는 장년의 승려가 금방이라도 눈물을 흘릴 것 같은 표정으로 담현의 수급을 바라봤다. 그것으로 보아 담현과 상당히 가까운 사람이었음을 짐작할 수 있었다.

"늦었군. 서둘렀으면 가기 전에 인사라도 했을 텐데. 아니, 어차피 상관없으려나. 저승에서 곧 만날 테니."

담현이 남긴 마지막 말 때문에 심기가 상할 대로 상한 섭천화가 비릿한 표정을 지으며 장년의 승려에게 말했다. 하나 장년의 승려는 섭천화의 말을 못 들은 것인지 부들부들 떨리는 손으로 담현의 수급을 수습했다. 죽음을 당한 이라고는 믿기지 않을 정도로 환히 웃고 있는 담현의 머리를.

"인사는 그쯤하고, 얼른 시작하지. 기다려 주기에는 내 기분이 그다지 좋지 않으니."

"원한다면 그리 해주도록 하겠소이다, 천마성."

"천마성이 아니다. 마제다."

자신을 보는 족족 천마성이라 부르자 섭천화가 얼굴 가득 짜증스러운 기색을 내비치며 말했다. 일일이 말하는 게 이제는 너무나 귀찮았던 것이다. 그러나 장년의 승려는 섭천화의 기분이 상하거나 말거나 전혀 신경 쓰지 않았다. 오직 살심(殺

心)이 가득한 눈빛으로 그를 죽일 듯이 쏘아보기만 했다.

“가라!”

“예, 방장!”

스스슥!

장년의 승려, 아니, 소림사의 방장인 원목 대사의 짧지만 강렬한 명령에 나한승(羅漢僧)들이 철목(鐵木)으로 된 목봉을 양손에 쥐고서 일제히 앞으로 나섰다. 한데 그들의 숫자가 정확히 백팔 명이었다.

“말하지도 않았는데 백팔나한진(百八羅漢陣)이라. 아주 좋군.”

불편한 기색을 여지없이 드러내고 있던 섭천화가 미약하게나마 미소를 지었다. 고대하고 고대하던 백팔나한진이 눈앞에 나타나서였다. 그래서 그는 아주 조금 표정을 풀고서 백팔나한진에 다가갔다.

“개진(開陣)!”

섭천화가 나가오는 모습에 백팔나한진을 조율하는 원주 대사가 소리쳤다. 그러자 나한승들이 일사불란하게 움직이며 기세를 피워 올렸다.

쿠쿠쿠쿵!

백팔 명이 일제히 내뿜는 기세에 대지가 흔들거렸다. 그 정도로 백팔 명이 뿜어내는 기운은 엄청났다. 하지만 그럴수록 섭천화는 입가에 미소를 띠었다.

"자, 전설을 몸소 느껴보도록 할까. 후후후!"

파아아앗!

무지막지한 백팔나한진의 기세를 정면으로 받아내며 섭천화가 천마신공의 마기를 일으켰다. 그러자 그의 등에서 거대한 검은 날개가 펼쳐지며 백팔나한진이 뿌리는 기세를 뒤흔들었다.

꽈콰콰쾅!

이윽고 담현과의 대결로 인해 쑥대밭이 되었던 공터에서 다시 한 번 굉음이 터져 나왔다. 그리고 처절한 비명성과 찢겨진 육편들이 허공으로 비산했다.

第七十五章
분열(分裂)

휘이이잉!

어느덧 코앞까지 다가온 겨울로 인해 풍산장에도 싸늘한 기운이 감돌았다. 하지만 창문을 활짝 열고 있는 한 여인은 추위가 느껴지지 않는지 하염없이 밤하늘 위에 뜬 보름달만을 바라보고 있었다.

"잘 지내고 계시려나."

새하얀 백의가 너무나 잘 어울리는, 그래서 약선곡에서는 백의선녀라 불렸던 심운혜가 심란함이 가득한 얼굴로 보름달을 올려다보며 중얼거렸다. 하지만 정작 그녀의 뇌리를 가득 채우고 있는 것은 보름달이 아니었다.

똑똑똑.

시선만 보름달에 둔 채로 누군가를 떠올리고 있던 심운혜가 문을 두드리는 소리에 고개를 돌렸다. 그러자 익숙한 음성이 문밖에서 들려왔다.

"운혜 언니. 저 자하예요. 들어가도 될까요?"

"응, 들어와."

달칵.

듣는 이를 기분 좋게 만드는, 청아하다라는 표현이 너무나 잘 어울리는 자하의 목소리에 심운혜가 자리에서 일어나며 대답했다. 그러자 문이 부드럽게 열리며 깔끔한 녹의경장을 입은 자하가 모습을 드러냈다.

"헤헤헤."

"기분 좋은 일이라도 있나 봐?"

조신스러운 몸가짐으로 방 안에 들어온 자하가 약간 헤픈 듯이 웃음을 흘리자 심운혜가 눈을 빛냈다. 표정과 몸짓으로 보아 무언가 있는 게 분명해 보였던 것이다.

"네!"

"그게 뭘까?"

"흐으음! 비밀이에요, 아직은. 호호!"

"호오. 나에게도 말 안 해주겠다고?"

“넵!”

자하가 장난스러운 표정으로 고개를 크게 끄덕였다. 그것으로 보아 절대 말해주지 않겠다는 기색이 분명해 보였다. 하지만 그럼에도 심운혜는 별로 궁금해하지 않았다. 자하가 이토록 좋아하는 일이라면 어떤 일일지 어느 정도는 예상이 갔기 때문이었다. 그래서 심운혜는 알면서도 짐짓 모르는 척을 했다.

“섭섭하네. 나에게도 비밀이라니.”

“곧 말씀드릴게요. 곧이요. 근데 언니.”

“왜?”

자하가 두 눈을 초롱초롱하게 빛내며 다가왔다. 그러더니 냉큼 그녀의 한쪽 팔을 껴안고서 눈을 깜빡였다.

“방금 전까지 장주님 생각하고 있었죠?”

“글쎄.”

“후후! 아니긴. 창문이 저렇게 활짝 열려져 있는데!”

“창문이 열려 있다고 해서 내가 꼭 장주님을 생각하는 건 아니잖아?”

심운혜가 짐짓 정색한 표정을 지으며 대답했다. 비밀이라고 말해주지 않은 것에 대한 나름의 소소한 복수였다. 근데 자하도 만만치 않았다. 그녀의 복수에도 자하는 눈 하나 깜빡이지 않고 되레 의미심장한 표정을 지었다.

"그렇긴 해요. 한데 제가 들어왔을 때 언니 표정은 누군가를 심하게 그리워하는 표정이었어요."

"집이 그리워서."

"정말요?"

자하가 눈을 크게 뜨고 반문했다. 생각지도 못한 대답에 깜짝 놀란 것이었다. 그에 심운혜가 빙그레 웃었다.

"그야 당연히 농담이지. 집이 그리웠으면 내가 풍산장에 이렇게 계속 있겠니?"

"하긴."

자하가 고개를 주억거렸다. 생각해 보면 당연한 건데 순간적으로 놀라서 당황하고 말았다. 그녀의 마음이 어떠한지 누구보다 잘 알고 있는데 말이다.

"근데 조금 그렇네요. 아무리 그래도 그렇지, 저를 놀리시다니!"

"아앗!"

심운혜가 비명을 질렀다. 왜냐하면 자하가 독이 바짝 오른 고양이와 같은 표정을 지으며 달려들었기 때문이다.

"복수예요, 언니!"

"그, 그만해!"

"흥! 분이 풀릴 때까지는 안 돼요!"

덮치듯이 심운혜에게 달려든 자하가 음흉한 표정을 한껏

짓고서 양손을 쉴 새 없이 움직였다. 그러자 심운혜가 온몸을 비틀었다. 자하의 간지럼에 대항하기 위해서였다. 하지만 무공을 정식으로 익힌 자하의 손길을 피하기란 쉽지 않았다.

"하아! 하아!"

결국 자하가 만족할 때까지 간지럼을 당한 심운혜가 지친 표정으로 숨을 몰아쉬었다. 그리고 그 옆에선 자하가 빙긋 웃고 있었다.

"호호호!"

"만족해?"

"네!"

"에휴."

진심으로 좋아하는 자하의 모습에 심운혜가 졌다는 듯이 고개를 저었다. 그런 후에 자리에서 일어나 약차를 정성스레 우려내어 자하에게 한 잔 따라주었다.

"역시 약차는 언니가 해주는 게 가장 맛있는 거 같아요."

"장주님이 따라주는 것보다?"

"으음. 그걸 생각 못했네?"

감탄한 표정으로 입을 열었던 자하가 일순 눈을 깜빡이며 천연덕스러운 표정을 지었다. 그에 심운혜가 피식 웃음을 흘렸다. 능청스러운 그녀의 모습에 웃음이 절로 나온 것이었다.

"그럼 두 번째로 맛있다고 생각할게."

"아니에요. 언니랑 있을 때에는 언니가 따라준 게 제일 맛
있어요."

"말만이라도 고맙구나."

자하가 귀엽게 말하며 안겨왔지만 심운혜는 짐짓 심통이
라도 난 듯한 표정으로 짧게 대답했다. 하지만 그러한 그녀의
대답에도 불구하고 자하는 입가에 미소를 지우지 않았다. 이
제는 함께한 시간이 상당했기에 지금 심운혜가 장난을 치고
있다는 사실을 잘 알고 있어서였다.

"그나저나 서운하네요. 어떻게 서신 하나 안 보내주실 수
가 있죠?"

"바쁘시잖니. 우리가 이해해야지."

"그래도 간단하게 소식 정도는 전할 수 있잖아요."

이런저런 얘기로 신나게 수다를 떨던 자하가 일순 입술을
뾰로통하게 내밀며 운을 뗐다. 누구라고 정확히 지칭하지는
않았지만 듣는 순간 심운혜는 자하가 누굴 말하는지 바로 알
수 있었다. 왜냐하면 그녀 역시 자하가 오기 전까지 그에 대
해서 생각하고 있었기 때문이다.

"그래서 섭섭해?"

"솔직히 말하면요. 언니는 안 섭섭해요?"

얼굴 가득 서운한 표정을 지으며 자하가 반문했다. 그에 심
운혜가 잠시 생각에 잠겼다. 자신이 서운해하고 있는지 찬찬

히 생각해 보는 것이었다. 하지만 그녀는 이내 고개를 저었다. 아무리 생각해 봐도 서운한 감정이 들지 않아서였다.

"서운하지는 않네. 원래 그런 분이라는 걸 알고 있어서 그런가?"

"언니는 마음이 참 넓은 거 같아요."

"내 무기 중 하나야. 우리 엄마가 늘 강조하시던 것 중 하나이기도 하고."

"어머니가요?"

"응."

어렸을 적에는 아무것도 몰랐기에 대부분의 말들을 흘려들었다. 그런 말 중에 정말 천금 같은 말들이 수두룩한데 말이다. 그래서 가끔은 잊어버린 것들이 아쉽기도 했다. 그러한 말들만 잘 기억했어도 삶을 사는 데 있어 큰 도움이 됐을 것이기 때문이다.

"그보다 자하야."

"네, 언니."

잠시 엄마를 떠올렸던 심운혜가 깊고 맑은 눈동자로 자하를 지그시 바라보며 입을 열었다. 그러자 자하가 역시 눈을 마주하며 대답했다.

"하고 싶은 말이 있음 해."

"어떻게 알았어요?"

"티가 너무 나던걸?"

"헛!"

심운혜가 싱긋 웃으며 말하자 자하가 깜짝 놀란 표정을 지으며 당황해했다. 나름 표정 관리에는 자신이 있다 생각했는데 꼭 그렇지만도 않은 것 같아서였다. 하지만 그러한 당황감은 얼마 가지 않았다. 자하는 이내 표정을 가다듬고서 심운혜를 바라봤다.

"꽤나 중요한 말인가 보네."

"중요하죠, 당연히. 언니와 저의 미래가 걸린 문제인데."

"역시 내가 예상하는 게 맞았구나?"

"아마도요."

단호한 얼굴로 의미심장한 말을 내뱉는 자하의 모습에 심운혜가 조금은 긴장한 얼굴로 고개를 끄덕였다. 여자의 직감이 지금 자하가 하려는 말이 자신과 직접적으로 관계된 것이라는 걸 알려주었던 것이다.

"그럼 잠깐만. 마음의 준비를 좀 하고."

"저도요."

두 사람이 호흡을 가다듬었다. 아무래도 중요한 말이다 보니 듣는 사람도, 말하는 사람도 마음의 준비가 필요했다.

잠시 후 어느 정도 마음을 가다듬은 두 사람이 약간 굳은 얼굴로 서로를 직시했다.

“자, 이제 말해봐.”

“언니.”

“응.”

“저는 포기 못해요. 상대가 언니라고 하더라도요.”

자하가 선전포고와도 같은 말을 한마디 한마디에 힘을 주며 말했다. 그러나 심운혜는 그런 자하의 말에도 크게 놀라거나 당황해하지 않았다. 어느 정도 예상을 했기에 놀람이 크지 않았던 것이다. 그리고 은연중에 느끼고 있기도 했다. 자하의 마음이 진심이고 자신만큼 절실하다는 것을.

“나도 마찬가지야, 자하야.”

“언니도 결심했군요?”

“응. 이대로는 이도 저도 안 될 것 같아서.”

심운혜가 고개를 끄덕였다. 그가 장원을 떠난 후 그녀는 많은 생각을 했다. 자신의 감정에 대해서. 그리고 앞으로의 미래에 대해서. 그 결과 이대로는 안 된다는 판단을 내렸다. 자신의 나이도 적지 않고 그의 나이도 적지 않으니 좀 더 적극적으로 자신의 감정을 표현해야지 진전이 있을 것 같았다. 그래서 그녀는 앞으로는 다르게 그를 대할 생각이었다. 한데 우연찮게도 자하 역시 같은 결정을 내린 듯싶었다.

“쳇! 좀 더 고민하셔도 되는데.”

“호호호! 누구 좋으라고?”

"당연히 저죠!"

진심으로 아쉽다는 표정을 짓는 자하의 모습에 심운혜가 싱긋 웃었다. 연적이라기보다는 동생 같은 자하의 모습에 웃음이 절로 나왔던 것이다. 하지만 그렇다고 양보할 생각은 전혀 없었다. 친분은 친분이고 사랑은 사랑이기 때문이다.

"근데 금 공자님은 어떡할 거야?"

"갑자기 너무 뜬금없는 화제 전환인데요?"

"금 공자님 문제부터 해결하는 게 맞을 것 같아서. 내가 보기에 금 공자님은 진심이거든."

"흐으음."

금일강에 대해서는 전혀 생각해 보지 않았다는 듯이 자하가 눈을 깜빡였다. 그의 마음을 모르는 것은 아니나, 안타깝게도 자하는 금일강이라는 존재에 대해서 심각하게 고민해 본 적이 없었다. 왜냐하면 금일강이란 남자는 자하에게 있어 별다른 존재가 아니었기 때문이었다.

"장주님에 대한 네 마음이 확고하다면 금 공자님과의 관계부터 정리하는 게 맞을 거야."

"그럴까요?"

"응. 그게 금 공자님에 대한 예의야."

남녀관계는 어정쩡한 것보다 확실한 게 서로에게 좋았다. 사이가 어정쩡할수록, 애매모호할수록 서로만 힘들어지기 때문이다. 그렇기에 심운혜는 자하에게 조언을 해주었다.

"그렇다면 곧바로 말씀드려야겠네요. 빠른 게 좋다 하니."

"잘 생각했어."

심운혜는 벌써부터 침울해진 얼굴의 금일강이 떠올랐다. 나름 지고지순한 모습을 보였기에 더더욱 안쓰러웠다. 하지만 사랑이란 게 항상 이루어질 수만은 없다는 걸 알기에 심운혜는 그저 안타까워할 수밖에 없었다.

'지금 당장 나조차도 어찌 될지 모르는데…….'

심운혜는 금일강에 대한 걱정을 털어냈다. 지금 중요한 것은 금일강에 대한 것이 아니었다. 자하는 만만치 않은 연적이었다. 때문에 전력으로 상대해야 했다.

"일단 제 결심을 밝혔으니, 이제는 정보를 공유하도록 할까요? 언니가 궁금해할 소식이 있으니."

"그래도 되겠어?"

"물론이죠. 승부는 공평해야 하니까요."

정보력이라는 큰 힘을 지니고 있지만 자하는 그것을 이용해서 강진혁을 쟁취할 생각은 전혀 없었다. 그렇게 해봤자 크게 달라질 것이 없다는 사실을 잘 알기도 했거니와 사랑은 많이 안다고 해서 얻을 수 있는 것이 아니었기 때문이다. 그리고 개인적으로 자하는 여자 대 여자로서 심운혜와 경쟁하고 싶었다.

'그래야 내 스스로 납득을 할 수 있을 테니까.'

스스로의 결정을 대견하다 생각하며 자하가 고개를 주억거렸다. 하지만 심운혜는 자하가 왜 그러는지 몰랐기에 고개를 갸웃거렸다. 갑자기 다부진 표정을 지으며 고개를 끄덕이니 의아했던 것이다.

똑똑똑!

하나 두 사람의 대화는 더 이상 이어지지 못했다. 왜냐하면 두 명의 방해꾼이 등장해서였다.

"사부님, 사부님! 저희 왔어요!"

"응?"

"들어갈게요!"

문을 두드리기 무섭게 들려오는 당찬 음성에 심운혜가 깜짝 놀랐다. 전혀 예상치 못한 음성에 당황한 것이었다. 하지만 방문자는 그러한 그녀의 감정을 전혀 헤아려 주지 않고 곧바로 문을 열고 들어왔다.

"오늘은 왠지 사부님하고 함께 자고 싶어서 왔어요!"

씩씩하게 문을 열고 들어오는 이는 바로 황운월이었다. 옆에는 항상 그렇듯 형문설이 서 있었는데 둘 다 자하가 있다는 사실이 놀라운지 눈을 동그랗게 떴다.

"당신이 왜 여기 있어요?"

"당신?"

순간적으로 자하가 어처구니없다는 표정을 지었다. 생각지도 못한 호칭에 어이가 없었던 것이다. 그러나 황운월은 전혀 그렇게 생각하지 않는지 당당하게 콧대를 들고서 자하를 직시했다.

"왜요? 틀린 말은 아니잖아요?"

"틀린 말은 아닌데, 말투가 상당히 건방져서 말이야."

자하가 가뜩이나 날카로운 눈매를 더욱 날카롭게 치켜뜨며 황운월을 바라봤다. 하지만 그런 그녀의 매서운 눈길에도 황운월은 전혀 기가 죽지 않았다. 오히려 허리에 양손을 턱하니 올리고서 자하의 눈을 뚫어져라 쳐다봤다.

"원래 성격이 이래서 어쩔 수가 없네요."

"호호호! 그럼 내가 조금 부드럽게 고쳐줄까?"

"안 그래 줘도 돼요. 난 고칠 생각 없으니까."

빠직!

도자기처럼 매끄러운 자하의 이마에 빨간 핏줄이 선명하게 솟아났다. 한마디도 지지 않고 말대꾸를 하는 황운월의 모습에 화가 날 대로 난 것이었다. 하지만 아직 어린아이이기에 자하는 신경질적으로 상대하지 않고 흥분을 가라앉혔다.

"후우우!"

크게 심호흡을 하니 울화가 조금이나마 가라앉았다. 그리고 그사이 심운혜가 눈을 크게 뜨고서 황운월을 나무랐다.

“총관님께 무슨 말버릇이니? 어서 사과해!”

“사, 사부님!”

엄한 얼굴로 사과하라 말하는 심운혜의 모습에 황운월이 어쩔 줄을 몰라 했다. 그녀는 나름대로 사부인 심운혜를 도와주려 한 것인데 이렇게 나오니 당황한 것이었다. 하지만 옆에서 형문설이 손가락으로 옆구리를 콕콕 찌르자 이내 억지로 한다는 듯이 얼굴을 잔뜩 찡그리고서 건성으로 사과했다.

“미안해요.”

“목소리가 상당히 작다?”

“크게 해주길 원하는 거예요?”

“응. 이왕이면 진심을 담아서.”

자하가 제대로 사과를 받겠다는 듯이 팔짱을 끼고서 황운월을 지그시 내려다봤다. 그러자 황운월이 입술을 깨물었다. 스스로 생각하기에 크게 잘못한 것 같지 않은데 사과를 하려 하니 자존심이 상했던 것이다. 하지만 심운혜의 엄한 표정을 보니 사과를 하지 않으면 상황이 끝나지 않을 것 같았다.

“……미안해요!”

“사과가 아니라 화를 내는 거 같은데?”

“미안합니다!”

“만족스럽진 않지만 뭐, 이쯤에서 받아줄게. 난 누구와 달리 성격이 아주 착하니까.”

“끄응!”

황운월이 앓는 소리를 냈다. 왠지 모르게 완패를 당한 듯한 느낌이 들어서였다. 그래서일까. 황운월이 매서운 눈빛으로 자하를 노려봤다. 하지만 자하는 강렬한 황운월의 눈빛을 여유롭게 받아넘겼다.

“이익!”

그 모습에 황운월이 다시금 발끈했다. 여유로운 자하의 모습이 심히 거슬려서였다. 하지만 그렇다고 그 부분을 가지고 따지지는 않았다. 자신의 행동에 더욱 엄한 눈초리를 뿌리는 심운혜 때문에 황운월은 애써 분을 삼켰다.

“저는 이만 가볼게요, 언니. 내일 아침이나 같이 먹어요.”

“그래. 조심히 들어가.”

“네에!”

자하는 승자의 미소를 지으며 방을 나섰다. 그것도 놀리듯이 황운월을 똑바로 바라보면서 말이다. 그에 황운월이 뷰한 표정을 지으며 그녀를 노려봤다. 하지만 자하는 더 이상 대응하지 않고 나가 버렸다.

“쳇쳇!”

“운월아.”

“알았어요. 그만할게요.”

자하가 나선 방문을 노려보며 툴툴거리던 황운월이 나지

막한 심운혜의 음성에 입술을 삐죽 내밀면서 대답했다.

"저희가 괜히 찾아온 건가요?"

"그건 아니란다."

황운월의 옆에서 조용히 서 있기만 하던 형문설이 조심스럽게 말문을 열었다. 그에 심운혜가 형문설의 눈높이를 맞추며 고개를 저었다.

"후우. 다행이네요. 저희는 또 중요한 대화를 하고 계신데 끼어든 건 아닌가 해서요."

"문설이는 그럴지 몰라도 운월이는 아닌 거 같은데?"

"그, 그런가요?"

은근슬쩍 황운월도 끼워넣었던 형문설이 눈에 띄게 당황한 표정을 지으며 말을 더듬었다. 그러자 심운혜가 웃음을 터트리며 형문설을 살짝 껴안았다. 당황하는 모습이 너무나 귀여웠던 것이다.

"저도 안아줘요!"

그 모습이 부러웠던 모양인지 황운월이 심운혜의 품에 달려들었다. 그에 심운혜는 따스한 미소를 지으며 황운월도 함께 안아주었다.

"근데 사부님."

"왜?"

형문설과 함께 품에 안겨 있던 황운월이 고개를 들며 입을

열었다. 그런데 그녀의 눈빛이 심상치 않았다. 마치 무언가를
알고 있는 듯한 눈빛이었다.

"지면 안 돼요."

"응? 뭐가?"

"장주님이요."

생각지도 못한 황운월의 말에 심운혜가 눈을 동그랗게 떴
다. 분명 자신과 자하의 대화를 듣지 못했을 텐데 이렇게 말
하자 놀란 것이었다.

"알고 있었니?"

"아마 모르는 사람은 한 분뿐일 거예요."

황운월이 얼굴 가득 답답하다는 표정으로 대답했다. 그 모
습에서 심운혜는 황운월이 말하는 이가 누구인지 단박에 알
수 있었다.

"저희는 사부님을 응원해요. 그러니까 꼭 쟁취하세요."

"후후후!"

웬만해서는 자신의 의견을 피력하지 않는 형문설이 다부
진 표정을 지으며 말하자 심운혜는 왠지 모르게 마음이 든든
해졌다. 이렇게 두 제자가 자신을 생각해 주니 마음이 포근해
졌던 것이다. 그리고 힘도 났다.

"저 여시 같은 여자한테 절대 장주님을 빼앗기면 안 돼요!"

"그래, 알았어. 근데 운월이는 말조심 좀 해야 할 것 같구나."

"끄으응!"

황운월이 다시 한 번 앓는 소리를 냈다. 방금 전의 실수를 되풀이하자 스스로도 무안했던 것이다. 하지만 얼마 지나지 않아 황운월은 활기를 되찾았다. 하나의 문제를 가지고 오래 고민하지 않는 성격이었기에 이내 털어내고 밝게 어울렸던 것이다.

스르륵. 스르륵.

넓은 방에 무거운 적막감이 감돌았다. 사람은 있으나 말이 없기에 등잔불만 바람에 이리저리 일렁였다.

"이게…… 말이나 되는 상황입니까."

"……면목 없습니다."

자단목으로 만들어진 의자에 앉아 있던 반호승이 얼굴을 딱딱하게 굳히고서 입을 열었다. 그러자 그의 앞에 앉아 있던 제갈호가 고개를 숙이며 힘겹게 대답했다. 총군사로서 천목당을 움직이고 있었음에도 불구하고 소림사와 무당파를 습격한 자들에 대해서 전혀 알아내지 못했기에 죄스러워 하는 것이었다.

"백도의 태산북두라 할 수 있는 소림과 무당이 무너졌습니다. 그런데 문제는 그 두 문파가 언제, 어떻게 멸문을 당했는지 아무도 알지 못한다는 사실입니다."

“…….”

반호승이 우려와 걱정이 가득한 음성으로 말했다. 생각하면 생각할수록 현재 상황이 좋지 않았기 때문이다. 더구나 현재 천의맹은 구파일방을 비롯해 오대세가의 전력을 한곳에 모으고 있는 상황이었다. 그렇기 때문에 반호승은 더욱 염려스러웠다. 이대로 가다간 애써 규합한 무인들이 떠나갈 수도 있었다.

“대책은 준비되어 있습니까?”

잠시 숨을 고른 반호승이 제갈호를 바라보며 물었다. 그런 그의 눈에는 여전히 신뢰가 담겨 있었다.

“이런 말하기가 쉽지 않지만, 무당과 소림의 일은 지난 일입니다. 그러니 애초의 계획대로 가는 게 옳습니다.”

“대책이라기보다는 대응 방법 같군요.”

“현재로서는 가장 나은 선택입니다. 소림과 무당에는 미안하지만 말이지요.”

제갈호도 이렇게 말하는 것이 쉽지 않다는 듯 얼굴에 미안한 기색이 가득했다. 하지만 지금은 그 어느 때보다 냉정해야 했기에 제갈호는 애써 그러한 기색을 가다듬었다.

“한데 과연 그들이 가만히 있을까요.”

똑똑똑.

반호승이 말하기 무섭게 문을 두드리는 소리가 들렸다. 동시에 문밖에서 시비의 공손한 음성이 들려왔다.

"맹주님. 소림사와 무당파에서 맹주님을 뵙고자 찾아왔습니다."

"으으음!"

제갈호가 침음을 흘렸다. 뛰어난 두뇌의 소유자인 그는 두 문파가 왜 맹주전을 찾아왔는지 그 이유가 능히 짐작이 되어서였다. 그리고 그건 반호승도 마찬가지인 듯 안면이 미약하게 굳어졌다.

"안으로 들여주세요."

"알겠습니다."

시비의 인기척이 점차 멀어져 갔다. 그리고 잠시 후 두 개의 묵직한 기운이 맹주전으로 다가오는 게 느껴졌다. 바로 소림사와 무당파를 대표해 천의맹에 머물고 있던 원유 대사와 현정 도장의 기척이었다.

"원유 대사와 현정 도장께서 도착하셨습니다."

드르륵.

시비의 차분한 음성과 함께 방문이 열렸다. 그러자 왠지 모르게 다급한 기색이 느껴지는 두 사람의 모습이 나타났다.

"기별도 없이 갑자기 찾아와 죄송하구려. 가뜩이나 바쁠 터인데."

"아닙니다. 개의치 마십시오."

소림사와 무당파의 상황을 누구보다 잘 알고 있었기에 반호성은 자리에서 일어나며 고개를 저었다. 그리곤 자연스럽게 두 사람에게 자리를 권했다.

"차를 드실 정도의 여유는 있으시겠지요?"

"허허. 저희가 찾아온 이유를 알고 계신 듯하시군요."

자리에 앉은 원유 대사가 애써 차분한 표정을 지으며 입을 열었다. 그에 반호승이 무겁게 고개를 끄덕였다.

"두 분께서 여기까지 괜히 찾아오실 리가 없으니까요."

"그렇다면 대화가 빠르겠습니다."

"언제 떠나실 생각이십니까?"

반호승은 원유 대사를 지나 현정 도장을 바라보며 물었다. 그러자 원유 대사가 탐스러운 수염을 부드럽게 쓰다듬으며 대답했다.

"내일 날이 밝는 대로 출발할 생각입니다."

"빈도 역시 같습니다."

"함께 출발하시는 모양이군요."

"그렇습니다."

원유 대사와 현정 도장이 얼굴 가득 미안한 기색을 띠었다. 자신들의 결정이 천의맹에 있어 결코 좋은 결정이 아니라는 사실을 너무나 잘 알았기에 짓는 표정이었다. 하지만 정작 반호승은 그런 두 사람의 얼굴을 보고도 별다른 표정을 짓지 않왔다. 왜냐하면 두 사람의 마음이 어떠한지 대략적으로나마 짐작할 수 있었기 때문이었다. 그리고 반대로 반호승이 원유 대사나 현정 도장의 입장이었어도 이렇게 행동했을 터였다.

"……죄송합니다. 지금과 같은 때에 거들지는 못할망정 떠나게 돼서."

"이해합니다. 그러니 너무 미안해하지 않으셔도 됩니다."

"원시천존."

마음을 편하게 해주는 반호성의 말에 현정 도장이 도호를 중얼거리며 고개를 숙였다. 그러자 옆에 있던 원유 대사 역시 불호를 읊조렸다.

"원유 대사님."

"말씀하시지요, 총군사."

아무것도 묻지도, 따지지도 않고 보내주는 반호승을 향해 고개 숙여 고마운 마음을 표현했던 원유 대사가 옆에서 들려오는 제갈호의 음성에 시선을 옮겨 그를 바라봤다.

"소림사의 제자들은 모두 다 데려가시는 겁니까?"

"아무래도, 그래야 할 것 같습니다."

"그렇다면 무당파도 마찬가지이겠군요."

"그렇소이다."

천의맹에서 소림사와 무당파가 차지하는 전력의 비율은 상당히 컸다. 그렇기에 제갈호의 안색이 어두워졌다. 중요한 시점에서 두 문파가 모두 돌아가겠다고 하니 걱정이 앞선 것이다.

"조금이라도 남아달라고 하면, 그건 너무 큰 바람이겠지요?"

"으음."

간절함이 느껴지는 제갈호의 음성에 원유 대사가 고민스러운 표정을 지었다. 사문의 일은 그 어떤 일보다 우선적이지만, 그렇다고 천의맹의 일을 나 몰라라 할 수는 없었다. 때문에 원유 대사가 이러지도, 저러지도 못하고 옆에 앉아 있는 현정 도장을 바라봤다.

"미안한 말이지만 제자들을 남겨두고 가는 건 힘들 것 같소이다. 총군사도 알다시피 지금 사문이 무너진 것이나 마찬가지이기에 본산을 재건하려면 제자들이 하나라도 더 필요하오."

"……그렇지요."

조금의 여지도 남겨두지 않는 확고한 현정 도장의 말에 제갈호가 무겁게 고개를 끄덕였다. 무당파의 사정을 너무나 잘 알기에 이해하는 것이었다. 하지만 조금이라도 전력을 더 모아야 하는 시점에서 무당파와 소림사의 전력이 이탈하는 게 너무도 아쉬웠다.

"마음 편히 보내드리죠."

“예.”

반호승이 제갈호를 향해 나지막하게 말했다. 이왕 보내주는 거 마음이라도 편히 보내주려는 것이었다. 그에 제갈호가 작은 한숨을 내쉬며 고개를 끄덕였다.

“무운을 빌겠습니다, 원유 대사님. 그리고 현정 도장님.”

“아미타불.”

“원시천존.”

반호승이 웃으며 두 사람을 바라봤다. 그러자 두 사람이 불호와 도호를 중얼거리며 다시 한 번 고개를 숙였다. 그리고 그것으로 마지막 인사를 한 두 사람은 곧바로 맹주전을 나섰다. 출발은 내일이지만 제법 많은 인원이 움직이므로 준비하는 데 시간이 많이 필요했다. 거기다 혹시 모를 천마신교의 습격에도 대비해야 했기에 두 사람은 부지런히 움직였다.

第七十六章
천군만마(千軍萬馬)

호화스럽게 꾸며진 대전. 그러나 이상하게도 급작하게 만
든 티가 역력했다. 마치 누군가가 찾아올 것을 대비해 갑작스
럽게 순비한 섯 같다고나 할까. 화려하지만 곳곳에서 어색한
이 묻어나는 대전에 섭천화가 모습을 드러냈다. 그리고 그 뒤
로 다섯 명의 인물이 뒤이어 나타났다.

털썩!

앞장서서 대전에 들어섰던 섭천화가 마치 제집이라도 된
양 자연스럽게 태사의에 앉았다. 그러자 그의 뒤를 따라 들어
왔던 다섯 명이 공손하게 고개를 숙이며 시립했다.

“상황보고 하도록.”

“좋은 소식과 나쁜 소식이 있습니다, 지존.”

“나쁜 소식?”

왼손으로 턱을 괴고서 앉아 있던 섭천화가 미간을 찌푸리며 반문했다. 모든 것이 뜻대로 흘러가고 있는 상황에서 나쁜 소식이 있다 하자 이상했던 것이다. 그에 대답을 했던 중년인이 고개를 좀 더 조아리며 입을 열었다.

“시마군이 천풍신룡을 잡아두는 일을 실패했다 합니다.”

“혹시 천풍신룡에게 도전한 것이냐?”

“그렇다고 들었습니다.”

“머저리 같은 놈.”

두 눈을 감고 있는 중년인의 대답에 섭천화가 혀를 찼다. 그토록 당부했는데도 불구하고 지시를 어긴 시마군의 행동에 짜증이 난 것이었다. 그리고 그것은 다른 마군들도 마찬가지인 듯 하나같이 얼굴을 찡그렸다.

하늘 같은 지존의 말을 어긴 시마군의 행동에 다들 화가 난 것이었다. 다만 처음부터 지금까지 대답했던 중년인만이 담담한 표정을 유지하고 있었다.

“결과는…….”

“뻔한 결과를 듣고 싶지 않다.”

“알겠습니다.”

“그보다 천풍신룡은 어디에 있지?”

섭천화가 중년인의 말을 도중에 자르며 물었다. 충분히 예상이 가능한 말을 듣고 싶지 않았기에 알고 싶은 사실에 대해 물은 것이었다.

“그것이 현재 오리무중입니다.”

“흑비영(黑秘影)들을 전부 동원했는데도 말이더냐?”

“그렇습니다.”

중년인이 송구하다는 듯이 고개를 숙였다. 입이 있어도 할 말이 없는 문제였기에 온몸으로 죄송스러움을 표현한 것이었다. 한데 그것이 통한 모양인지 섭천화는 별다른 말이 없었다. 다만 생각에 잠긴 듯 손에 턱을 괴었다.

“너라면 어디로 가겠느냐?”

“일단 이곳부터 찾을 것 같습니다.”

“나를 찾아오려 할 것이다?”

“예.”

한 치의 망설임도 없이 대답하는 중년인의 모습에 섭천화가 느릿하게 고개를 끄덕거렸다. 지금까지 보여준 강진혁의 성미로 보건대 그러고도 남았기 때문이다. 게다가 두 사람 사이에는 풀어야 할 문제도 있었다.

‘하지만 지금은 좋지 않다.’

강진혁과는 반드시 결판을 내야 했다. 하지만 그때가 지금은 아니었다. 그렇기에 섭천화는 미약한 한숨을 내쉬며 미간을 좁혔다.

"최선을 다해 천풍신룡의 행방을 찾도록."

"반드시 찾아내겠습니다."

"그럼 이번에는 좋은 소식을 들어볼까."

강진혁에 대한 안건을 깔끔하게 마무리 지은 섭천화가 눈을 빛내며 말을 이었다. 그러자 중년인이 푹 숙였던 고개를 천천히 들며 입을 열었다.

"천의맹 총단에 남아 있던 소림사, 무당파, 곤륜파의 제자들이 모두 본산으로 떠났습니다."

"역시 예상대로 움직이는군."

섭천화가 입가에 옅은 미소를 지었다. 중년인이 짠 계획대로 착착 진행되어 가자 기분이 흡족했던 것이다.

"상황을 그렇게 할 수밖에 없도록 만들었으니, 별수 없었을 겁니다."

"그럼 현재 천의맹에 남아 있는 문파는 화산파, 점창파, 종남파, 개방과 사천당가를 제외한 사대세가뿐이겠군."

"그렇습니다."

"전력이 어떻게 되지?"

어느덧 전력이 반 토막 난 천의맹의 모습에 섭천화가 비릿한 미소를 지으며 물었다. 지금 상황만 놓고 보면 패천궁 때보다 훨씬 수월하게 천의맹을 무너뜨릴 수 있을 것 같아서였다.

"군소방파를 비롯한 하급 무사들까지 모조리 끌어모은다면 예상컨대 대략 삼천 명 내외가 아닐까 생각합니다."

"흐음. 아직도 제법 많군."

"하지만 대부분이 어중이떠중이인지라 실제 위협적인 전력은 천 명 안팎입니다."

천의맹의 전력에서 가장 큰 비중을 차지하고 있던 문파는 누가 뭐래도 소림사와 무당파였다. 그런데 그 두 문파가 모두 불타 버린 본산으로 향했기에 현재 천의맹의 전력은 떨어질 대로 떨어진 상태였다. 다만 화산파가 남아 있기에 크게 흔들리지 않고 있을 뿐이었다.

"그렇다면 슬슬 끝을 내야겠군."

"지금이 공격하기에 최적기입니다."

"내일 아침 해가 뜨자마자 출발할 것이다. 그러니 그리 알고 준비해 놓도록."

"존명!"

섭천화에게 보고했던 중년인을 위시로 도마군과 봉마군, 거마군, 궁마군이 일제히 머리를 조아리며 대답했다. 그에 섭천화가 고개를 끄덕이며 행동으로 축객령을 내렸다. 어서 빨리 전력을 정비하라는 무언의 명령이었다.

스스슥!

발 빠르게 대전을 나서는 다섯 명의 뒷모습을 바라보며 섭천화가 태사의에 몸을 깊게 기대었다. 그리고는 거의 늘어지듯한 자세로 천천히 닫히는 대문을 쳐다봤다.

"아쉽군. 강시는 써먹을 때가 정말 많은데 말이지."

어처구니없게도 강진혁에게 정면으로 덤벼든 시마군을 떠올리며 섭천화가 입맛을 다셨다. 돈이 많이 들어가기는 하지만 강시는 효용도가 무척 큰 병기였다. 그렇기 때문에 섭천화는 내심 아쉬웠다. 만약 시마군이 원래 계획대로 강진혁을 잘 붙잡고 있었다면 지금과 같은 걱정은 하지 않았을 것이기 때문이다. 거기다 천의맹을 공격할 때 강시들을 이용할 수도 있었다. 특히 독강시를. 사천당가가 사천성에서 나오지 않는 지금이야말로 독강시의 위력이 최고로 발휘될 수 있었기에 섭천화는 생각하면 생각할수록 아쉬웠다.

"하지만 이미 끝난 일이니 더 이상 생각해 봤자 시간 낭비일 뿐이지."

섭천화는 아쉬운 마음을 뒤로하고 천의맹에 대해서 생각했다. 어떻게 하면 효율적으로 천의맹을 파멸시킬지에 대해서.

"이번에야말로 본교가, 아니, 내가 천하를 손에 쥘 것이다. 그가 아닌 내가."

적막감이 내려앉은 대전 안에서 섭천화가 두 눈을 빛내며 중얼거렸다. 그런 그의 눈에는 천하정복(天下征服)의 야망이 짙게 담겨 있었다.

동쪽 하늘에서 해가 서서히 떠오르는 이른 아침에 강진혁은 위지명, 곽휴와 함께 호북성 무한에 도착했다. 한데 아직 이른 시간이라 그런지 거리가 한산했다.

"바로 들어갈까요, 아니면 식사를 하고 들어갈까요?"

하늘을 올려다보며 시간을 확인하던 위지명이 강진혁과 곽휴를 바라보며 입을 열었다. 그에 강진혁이 곽휴를 돌아보았다.

"난 어떻게 하든 상관없네."

"그럼 바로 들어가자. 굳이 아침을 먹고 들어갈 필요는 없으니까."

"알겠습니다."

재고할 필요도 없다는 듯이 단호하게 말하는 강진혁을 보며 고개를 끄덕인 위지명이 천의맹의 총단이 있는 곳으로 방향을 잡았다. 이윽고 위지명을 비롯한 강진혁과 곽휴는 사시 중엽 즈음에 천의맹 총단에 도착할 수 있었다.

"잠시 멈추십시오."

정문에 거의 다다르자 문지기로 보이는 두 명의 위사가 세 사람을 멈춰 세웠다. 신분을 확인하기 위해서였다.

"천의맹에 무슨 용건으로 찾아오셨습니까?"

천마신교로 인해서 그런지 정문 위사들의 기세가 사뭇 살벌했다. 혹시라도 있을 첩자들의 침투에 대비해 손님들의 신분을 확실하게 확인하기 위해서였다. 그래서 그런지 두 명의 정문 위사는 쉴 새 없이 강진혁 일행을 살펴봤다.

"맹주님을 찾아왔습니다."

"맹주님을 말씀이십니까?"

선두에 서 있는 강진혁을 유심히 살펴보던 정문 위사가 깜짝 놀란 표정을 지었다. 특별히 대단해 보이지 않는 인원 구성인데 천의맹주를 만나러 왔다고 하자 의아하기도 하고 어이가 없기도 했던 것이다. 그리고 그것은 옆에 있던 동료도 마찬가지였는지 살짝 얼빠진 표정으로 입을 연 강진혁을 바라봤다.

"그렇습니다."

"맹주님은 아무나 만날 수 있는 한가한 분이 아닙니다만."

"아마 제 말을 전하면 만날 수 있을 겁니다."

"실례지만 별호가 어떻게 되십니까?"

확신이 서린 강진혁의 음성에 정문 위사가 약간 실없는 표정을 지으며 물었다. 마치 네까짓 게 뭘 믿고 그렇게 말하느냐고 눈빛으로 말하는 것 같았다. 그에 옆에 있던 위지명의 눈빛이 순식간에 변했다. 강진혁이 이런 대우를, 아니, 무시를 받자 화가 난 것이었다. 하지만 위지명은 이내 기세를 다시 갈무리해야 했다. 강진혁의 전음이 그의 흥분을 가라앉혔던 것이다.

"천풍신룡입니다."

"……예?"

멸시가 섞인 정문 위사의 눈동자를 마주하며 강진혁이 차분하게 대답했다. 그러자 정문 위사가 두 눈을 멀뚱히 뜨고서 반문했다. 무언가 듣기는 했는데 그게 제대로 인식이 되지 않아서였다. 그래서 그는 침을 한 번 삼키고 다시 물었다.

"잘못 들어서 그러는데 다시 한 번 말씀해 주시겠습니까?"

"요새 천의맹이 힘들다고 하더니, 정말 힘든 모양이군. 천의맹의 얼굴이나 마찬가지인 정문 위사를 이따위 멍청이들로 세워 놓다니. 모자라도 이렇게 모자란 놈들을."

"크으음!"

곁에서 잠자코 서 있기만 하던 곽휴가 슬그머니 기세를 흘렸다. 그 결과 방금 전까지만 해도 멀쩡히 서 있던 두 명의 정문 위사가 얼굴을 잔뜩 일그러뜨렸다. 알 수 없는 기운이 두 사람을 압박했기에 제대로 서 있기가 힘들었던 것이다.

"두 눈 똑바로 뜨고, 두 귀 똑바로 열고 제대로 들어라. 이번에도 멍 때리고 듣지 못하면 오른팔을 베어버릴 테니."

성향이 백도보다는 사도에 가까운 곽휴이기에 말투가 거칠기 짝이 없었다. 하나 위지명은 그것에 대해서 만류하거나 말리지 않았다. 그 역시 화가 난 상태였기 때문이다. 그래서 위지명은 잠자코 곽휴가 하는 대로 가만히 있었다.

"허억! 헉!"

"후우웁!"

잠시 후 곽휴가 기세를 거두자 두 사람이 거칠게 숨을 가다듬으며 곽휴를 바라봤다. 그런 두 사람의 눈빛에는 은은한 두려움이 떠올라 있었다. 정문 위사라는 자리를 차지하고 있는 만큼 나름 실력에 대해 자부심을 가지고 있었는데 그것이 얼마나 어쭙잖은 자만심인지 이번에 처절하게 깨달을 수 있었다. 그래서 둘은 대놓고 곽휴의 눈치를 살폈다.

"역시나 멍청한 것들이로군. 아직도 제대로 파악하지 못하다니. 천마신교 때문에 피해가 상당하다고 하지만, 이건 너무하는군."

"차차 나아질 겁니다. 그리고 두 분."

"예, 옙!"

"맹주전이나 군사부에 강진혁이 찾아왔다고 전해주십시오. 그때까지 이곳에서 기다릴 터이니."

처음과 마찬가지로 차분한 강진혁의 음성에 두 정문 위사의 눈이 부릅떠졌다. 이번에는 강진혁의 이름을 제대로 들었기 때문이었다. 그렇기에 두 사람은 화들짝 놀랐다. 그들이 알고 있는 강진혁이라는 이름은 결코 가벼운 이름이 아니었으므로.

"지, 지금 당장 안에 소식을 전하겠습니다!"

"조금만 기다려 주십시오!"

둘 모두 자리를 비울 수는 없었기에 두 사람 중 그나마 날쌔 보이는 이가 잽싸게 안으로 들어갔다. 그러자 남아 있는 한 명이 기가 잔뜩 죽은 모습으로 강진혁 일행을 조심스레 살펴봤다. 선두에 선 이가 강진혁이라면 나머지 두 사람이 누구인지도 능히 짐작이 갔기에 분위기를 살피는 것이었다.

'그렇다면 저기 저 노인네가 살수들의 왕이라는 무영야왕!'

정문 위사가 침을 꿀꺽 삼켰다. 자신과 동료를 타박한 노인이 천하십대고수의 일인인 무영야왕이라 생각하자 뒷목이 섬뜩해졌던 것이다. 그런데 때마침 곽휴와 눈이 마주쳤다.

"뭘 그렇게 뚫어져라 바라보지? 사람 처음 보나?"

"아, 아닙니다!"

"흥."

이미 기분이 상할 대로 상한 상태였기에 곽휴의 말투는 뻐딱하기 그지없었다. 하지만 실수한 게 있었기에 정문 위사는 그 부분에 대해서 따질 수가 없었다. 막말로 강진혁이 뭐라 해도 그는 할 말이 없었기 때문이다.

"헉헉헉!"

좌불안석의 분위기 속에서 이러지도, 저러지도 못하고 있을 때 저 멀리서 동료의 거친 호흡 소리가 들려왔다. 동시에 그의 뒤로 군사부 소속의 무인이 재빠르게 달려오는 것도 보였다.

"지금부터는 제가 안내해 드리겠습니다."

"맹주님을 바로 만나는 것입니까?"

사적으로는 친구인 반호성이었지만 그의 위치가 천의맹주였기에 강진혁은 자연스럽게 존칭을 사용했다. 그러나 정작 군사부 소속의 무인은 그러한 것을 알아차리지 못했다. 천풍신룡이라는 별호가 주는 무거움 때문에 그것에 신경 쓸 겨를이 없었던 것이다.

"맹주님께서 강 대협께서 원하는 대로 하라 하셨습니다."

"그렇다면 씻고 가도 된다는 얘기군요."

"그렇습니다."

무인의 대답에서 반호성의 저의를 단박에 파악한 강진혁이 빙긋 웃으며 말했다. 그러자 무인이 그렇다는 듯이 고개를 크게 끄덕였다.

"그럼 씻고 보도록 하죠."

"하면 앞으로 머무실 숙소로 안내해 드리겠습니다."

군사부 소속의 무인이 몸을 돌리며 말했다. 그에 강진혁을 비롯한 위지명과 곽휴가 자연스레 그를 따라 움직였다. 근데 걸어가던 중 곽휴가 슬쩍 고개를 돌려 정문 위사들을 바라봤다.

흠칫!

오묘한 표정을 짓는 곽휴와 눈이 마주친 정문 위사가 몸을 부르르 떨었다. 왠지 모르게 갑자기 오한이 들었기에 몸을 떤 것이었다.

"별일… 없겠지?"

"……그러길 빌어야지."

곽휴가 남긴 눈빛을 떠올리며 두 사람은 깊은 한숨을 쉬었다. 느낌상 이대로 끝날 것 같지 않았기에 나오는 한숨이었다.

배정받은 숙소에서 말끔히 씻고 옷도 새로이 갈아입은 강진혁은 기다리고 있던 군사부 소속 무인의 안내를 받아 반호성이 있는 맹주전으로 향했다.

"천풍신룡 강진혁 대협과 무영야왕 곽휴 대협, 그리고 적사자도 위지명 소협이 도착했습니다."

"문을 열어주세요."

"예."

문 안에서 익숙한 반호성의 음성이 들려왔다. 이윽고 정갈

한 느낌이 나는 문이 열리며 방 안의 광경이 강진혁의 두 눈에 들어오기 시작했다.

저벅저벅.

문이 완전히 다 열리고 나서야 강진혁은 발걸음을 옮겼다. 그러자 방 안의 가장 안쪽에 홀로 앉아 있는 반호성의 모습이 보였다.

"진혁아!"

새하얀 백의무복을 입고서 한 마리 학처럼 고고하게 자리에 앉아 있던 반호성이 강진혁을 보자마자 반색한 표정을 지으며 자리에서 일어났다. 그리곤 곧장 그에게 다가왔다.

덥석!

"오랜만이다. 그동안 잘 지냈지?"

반호성은 강진혁을 보자마자 달려들어 와락 껴안았다. 정말 오랜만에 본 것이기에 반가운 마음을 행동으로 보여준 것이었다.

"잘 지냈을 거 같냐?"

"표정을 보아하니 그런 것 같은데?"

"매정한 녀석. 먼저 연락도 안 하고."

얼굴 가득 반가운 기색을 띠었던 반호성이 일순 표정을 굳혔다. 반가움이 어느 정도 가시자 이제는 서운한 것들이 떠오른 것이었다. 한데 강진혁은 그러한 반호성을 보며 살짝 놀란 표정을 지었다.

"그럴 만한 사정이 있었다. 그보다 너 많이 변했다?"

"뭐가?"

"감정이 다채로워졌어. 예전에는 무뚝뚝함의 극치였는데."

"아무래도 신혼이 지났으니까."

반호성이 당연하다는 듯이 어깨를 으쓱거리며 대답했다. 그에 강진혁이 어이없다는 듯한 표정을 지었다. 처음 보는 팔불출 같은 면모에 당황한 것이었다.

"그게 이유냐?"

"널 이해시킬 이유로는 충분하다고 보는데?"

"그렇다면야."

흔들리지 않는 눈빛으로 말하는 반호성의 모습에 강진혁이 알겠다는 듯이 건성으로 대답했다. 그리고는 눈짓으로 옆에 있는 무영야왕을 가리켰다. 자신과의 해후는 이만하고 곽휴와 인사를 나누라는 무언의 지시였다.

"처음 뵙겠습니다, 곽 문주님. 반호성입니다."

"만나게 되어 반갑소이다, 천의맹주."

백도의 정점이자 구성(求星)이라 할 수 있는 반호성이 먼저 정중히 인사해 오자 곽휴가 예의를 갖춰 포권을 했다. 나이는 비록 한참이나 어리지만 강호에서의 위치는 그 누구와도 비교할 수 없을 정도로 높았기에 그만한 대우를 해준 것이었다. 게다가 개인적으로 존경할 만한 인물이었기에 곽휴는 반호성을 대함에 있어 모자람이 없게 행동했다.

"저야말로 이렇게 찾아와 주서서 감사합니다. 쉬운 발걸음이 아니었을 텐데."

"그리 어려운 발걸음은 아니었소이다. 허허."

천의맹주라는 직책이 어울리지 않게 소탈한 반호성의 모습에 곽휴가 자연스러운 웃음을 흘리며 대답했다. 그리고는 새삼스러운 눈빛으로 반호성을 바라봤다. 이 정도 위치에 있으면 자기도 모르게 거만해질 수도 있는데 그렇지가 않아서였다.

"오랜만에 뵙습니다, 맹주님."

"위지 소협도 오랜만입니다. 한데 성취가 몰라볼 정도로 높아졌군요."

"운이 좋았습니다."

곽휴를 지나 위지명을 바라보던 반호성이 해연히 놀란 표정을 지었다. 위지명의 경지가 예전보다 훨씬 높아져서였다. 하지만 이내 그는 흡족한 표정을 지었다. 위지명이 강해질수록 백도의 힘이 강성해지는 것이기 때문이다.

"운이라고 말할 수준은 지난 것 같은데요."

"노력도 약간 곁들였습니다."

“하하!”

생각지도 못한 위지명의 대꾸에 반호성이 웃음을 터뜨렸다. 진지한 얼굴로 농담을 하니 이상하게 웃겼던 것이다.

“손님을 언제까지 세워둘 작정이냐?”

인사를 나누는 것은 좋지만 그 시간이 너무 길어지자 강진혁이 대화에 끼어들어 장난치듯 말했다. 그러자 반호성이 아차 하는 표정을 지으며 뒤늦게 세 사람에게 자리를 권했다.

“아, 깜빡했다. 어서 앉아. 곽 문주님과 위지 소협도 앉으세요.”

“요새 엄청 바쁘다는 소식이 있던데, 사실인가 보네.”

“뭐, 그렇지.”

반호성의 정면에 앉으며 강진혁이 입을 열었다. 그에 반호성이 뜬소문이 날 리가 없다는 표정을 지으며 고개를 끄덕였다. 그리고는 조금 진지한 눈빛으로 강진혁을 바라봤다.

“그보다 요새 호풍회의 소식이 많이 들리더라.”

“슬슬 활동할 때가 되었으니까. 그래 봤자 아직은 걸음마 수준에 불과하지만.”

“그래도 호풍회의 덕을 보는 사람들이 제법 많던데?”

반호성이 자연스럽게 호풍회에 관한 이야기로 물꼬를 텄다. 아무래도 강진혁이 회주로 있는 조직이다 보니 그도 나름대로 관심을 가지고 있었기 때문이다. 게다가 회원들 중에는 강호에서도 거물로 꼽히는 이들이 상당수 소속되어 있었기에 더더욱 관심이 갈 수밖에 없었다.

"만든 목적이 그거니까 당연히 그래야지."

"혹시라도 지원이 필요하면 말해. 내가, 아니, 천의맹의 조력이 필요하면 언제라도 도와줄 테니까."

"마음만 고맙게 받도록 하마."

강진혁이 완곡하게 거절했다. 그가 생각하기에 굳이 천의맹의 도움을 받을 필요는 없기 때문이다. 게다가 도움을 받으면 반대로 언젠가 천의맹을 도와주어야 했다. 그렇게 되면 아무래도 중립적인 위치가 흔들릴 수 있었다. 때문에 강진혁은 단호하게 선을 그었다.

"여전히 칼 같구만. 이래서 남자는 연애를 해야 하는데."

"농담은 그만하고. 본론으로 넘어가자."

"좋아."

"내가 찾아온 이유는 짐작하고 있겠지?"

반호성의 표정이 진지해졌다. 강진혁의 친구에서 천의맹의 맹주로 돌아간 것이었다,

"아마 근래에 마제라 불리는 천마신교주 때문이겠지?"

"맞아."

"마제가 나를 찾아올 가능성이 크니까 말이지."

"시국을 보는 눈이 제법 늘었어."

강진혁이 대견스럽다는 표정을 지었다. 처음 맹주직에 앉았을 때에는 약간 어리바리한 기색이 꽤 있었는데 지금은 그러한 모습이 전혀 없었다. 오히려 은은한 무게감이 느껴졌다. 그렇기에 강진혁은 칭찬하는 투로 말했다.

“자리가 사람을 만든다는 말이 나에게도 그대로 통용되더라고. 아, 근데 미안하게도 마제를 넘겨줄 수는 없어.”

어깨를 으쓱이며 대답하던 반호성이 약간 미안한 기색으로 말을 이었다. 왜냐하면 강진혁이 원하는 대로 해줄 수가 없기 때문이었다.

“굳이 내가 맡을 생각은 없어.”

“응?”

반호성이 두 눈을 동그랗게 떴다. 천의맹에 찾아온 만큼 당연히 섭천화를 넘겨달라고 할 줄 알았는데 의외로 그렇지가 않아서였다.

“내가 천의맹에 온 이유는 천마신교를 정리하기 위해서이지 꼭 섭천화를 내 손으로 죽이기 위해서가 아냐.”

“흐음. 그래? 의외네. 난 당연히 네가 맡겠다고 할 줄 알았는데.”

“상황이 내가 마제를 상대할 수밖에 없는 상황이라면 어쩔 수 없겠지만, 굳이 그럴 생각은 없다. 어찌 됐든 천의맹주는 너니까.”

“그 말인즉 내가 상대할 가능성이 크다?”

“그래. 내가 청해성까지 다녀온 것을 보면 알 수 있잖아?”

반호성이 고개를 끄덕였다. 그 역시 강진혁이 왜 청해성까지 갈 수밖에 없었는지를 알고 있었기에 이해가 된 것이었다.

“그러니까 마제는 너에게 맡기마. 물론 상황이 여의치 않다면 내가 나서겠지만.”

“아마 그럴 일은 없을 거다. 마종도 아닌 섭천화 정도야.”

“흐음. 자신감이 대단한데?”

강진혁이 의미심장한 미소를 지었다. 생각보다 과한 자신감에 놀란 것이었다. 하지만 근래 들어 새로운 경지에 들어선 반호성이었기에 이 정도 자신감은 당연했다. 그래서 그런지 반호성은 눈을 빛내며 강진혁을 바라봤다. 그러면서 은연중에 오른손을 쥐었다 폈다를 반복했다.

“그만한 이유가 있거든.”

“나랑 비무를 하고 싶은가 보군.”

“솔직히 말하면.”

반호성이 씨익 웃었다. 묘하게 승부욕을 자극하는 미소였다. 하나 강진혁은 반호성의 은근한 도발에도 별다른 반응을 보이지 않았다. 그저 처음과 마찬가지로 담담한 미소만 짓고 있었다.

“어때? 오랜만에 한 판 할까?”

가타부타 말이 없는 강진혁의 모습에 반호성이 그답지 않게 다급한 듯이 물었다. 그러나 강진혁은 고개를 저었다.

"나 역시 너와의 비무를 마다하고 싶지는 않지만, 때가 좋지 않다. 적어도 지금은."

"천마신교의 위치가 드러나지 않아서?"

"그것도 있고, 다른 이유도 있고."

냉정하게 현 상황을 직시하며 거절하는 강진혁의 모습에 반호성이 얼굴 가득 아쉬운 표정을 지었다. 하지만 강진혁의 말대로 현 시점은 너무나 중요한 시점이기에 막무가내로 요구할 수도 없었다.

똑똑똑.

아쉬운 마음에 고개를 숙이고 깊은 한숨을 내쉬던 반호성이 문을 두드리는 소리에 시선을 옮겼다. 그러자 문밖에서 익숙한 음성이 들려왔다.

"맹주님. 총군사께서 찾아오셨습니다."

"제갈 군사님께서요?"

"예."

"들여보내 주세요."

오랜만에 강진혁과 해후를 하고 있는데 뜬금없이 제갈호가 찾아왔다고 하자 반호성은 살짝 당혹스러운 표정을 지으면서 말을 이었다. 이윽고 문이 열리며 단정한 차림의 제갈호가 방 안으로 들어왔다.

"오랜만일세, 강 소협."

"그간 잘 지내셨는지요."

방 안에 들어온 제갈호는 가장 먼저 강진혁에게 인사를 건넸다. 강호의 배분으로는 무영야왕 곽휴가 더 높았지만 현재 명성은 누가 뭐라 해도 강진혁이 최고였다. 게다가 친분도 어느 정도는 있는 사이였기에 제갈호는 우선적으로 강진혁에게 인사한 후 무영야왕에게 말을 건넸다.

"처음 뵙겠습니다, 제갈호입니다."

"반갑네, 곽휴일세."

제갈호의 시선과 곽휴의 시선이 창졸간에 강렬하게 부딪 쳤다. 제갈호는 곽휴에 대해서 파악하기 위해 눈을 빛냈고, 곽휴는 그런 제갈호의 속내를 알았기에 어떻게든 자신을 감 추기 위해 표정을 관리했다. 그렇다 보니 자연스레 두 사람의 대화는 인사를 끝으로 이어지지 않았다.

"크흠!"

너무 대놓고 곽휴를 살펴보는 제갈호의 행동에 반호성이 헛기침을 했다. 그러자 제갈호가 뒤늦게 자신의 실수를 깨닫 고는 어색한 미소를 지으며 곽휴의 옆에 있는 위지명에게 말 을 걸었다.

"오랜만이네, 위지 소협."

“예.”

　어색함을 무마하기 위해 말을 건넸으나 제갈호는 뜻을 이루지 못했다. 위지명이 너무나 짤막하게 인사를 받아주어서였다. 그에 제갈호가 살짝 무안한 표정을 지으며 반호성에게로 시선을 옮겼다.

　“그보다 무슨 일이십니까?”

　“급보가 들어왔습니다.”

　“급보라 하면?”

　“천마신교의 위치가 드러났습니다. 더불어 마제의 위치도요.”

　반호성의 두 눈에 차가운 기광이 서렸다. 지금까지 계속 당하기만 했기에 섭천화를 비롯한 천마신교의 위치를 찾았다고 하자 그간의 울분을 토해낼 시간이 됐다고 여긴 것이었다. 하나 옆에 있던 강진혁은 반호성이 미처 알아차리지 못한 부분을 정확히 짚어냈다.

　“드러났다는 말은 찾아낸 것이 아니라는 말 같습니다만.”

　“애석하게도 그렇다네.”

　강진혁의 말에 제갈호가 씁쓸한 기색을 감추지 않으며 대답했다. 그간 천목당을 전력으로 운영하고도 찾아내지 못했기에 자존심이 상한 것이었다. 하지만 지금 중요한 것은 그게 아니었다.

"마제는 어디에 있습니까?"

"현재 당당하게 모습을 드러내고서 이곳을 향해 오고 있습니다."

"정면승부입니까?"

"그럴 것이라 사료됩니다."

제갈호는 급하지도, 그렇다고 느리지도 않은 음성으로 대답했다. 한데 차분한 제갈호의 목소리와는 달리 반호성의 눈빛에 담긴 기광은 강렬해졌다. 왜냐하면 섭천화의 행보에서 천의맹을 업신여기고 있음을 알 수 있었기 때문이다.

"천의맹을 만만하게 보고 있군요."

"여러 가지 정황으로 고려해 볼 때, 그럴 가능성이 큽니다."

"하긴 지금까지 입은 피해가 상당하기는 하지요. 우선 소림사와 무당파가 떠나갔으니."

반호성이 표정과는 어울리지 않게 짐짓 수긍한다는 투로 말했다. 냉정하게 전력을 살펴봤을 때 섭천화가 충분히 그렇게 생각할 수 있었기 때문이다.

"하나 현실은 다를 것입니다. 특히 제가 예전에도 몇 번 말씀드렸었지만, 광오함이 언젠가 마제의 발목을 붙잡을 겁니다."

"발목만 잡으면 다행이겠지요. 후후!"

제갈호의 시선을 마주한 반호성이 의미심장한 미소를 지

었다. 그런 그의 시선은 조용히 차를 들이켜고 있는 강진혁에
게 향해 있었다.

"날 왜 봐?"

"그냥 보고 싶어서."

"…요새 제수씨와 사이 안 좋냐?"

부담스러운 눈빛을 마구 뿌리는 반호성을 향해 강진혁이
진지하게 물었다. 그에 반호성이 웃음을 터뜨렸다. 쓸데없이
진지한 강진혁의 모습이 그에게는 너무나 웃겼던 것이다. 그
리고 그것은 제갈호도 마찬가지인 듯 옅은 미소를 짓고서 강
진혁을 바라보고 있었다.

第七十七章
대혈투(大血鬪)

　반호성과의 대화를 마치고 숙소로 돌아온 강진혁은 곧바로 밖으로 나왔다. 천의맹 총단에 온 만큼 의형인 무융을 만나기 위해서였다. 그래서 강진혁은 남아 있겠다는 곽휴를 내버려 두고 위지명과 함께 숙소를 나섰다.

　"이상하게 시선이 모이는데요."

　"네가 잘생겨서 그래."

　수군수군 대는 사람들의 모습에 옆에서 걷고 있던 위지명이 조심스럽게 입을 열었다. 하나 강진혁은 그런 위지명의 말에 농담으로 대꾸했다.

“……그건 아닌 거 같습니다.”

“나도 진지한 편인데 넌 더한 거 같아.”

“으음.”

위지명이 반론을 펼치지 못했다. 스스로 생각하기에도 그렇다고 인정하는 부분이었기 때문이다. 그래서 위지명은 미약하게 고개를 끄덕인 후 주변을 둘러봤다. 그러자 그의 또래로 보이는, 또는 강진혁의 또래로 보이는 수많은 사람이 자신과 강진혁을 바라보며 쑥덕거리는 게 눈에 들어왔다.

“야야, 저 사람이 천풍신룡이라며?”

“옆에 있는 젊은 남자가 적사자도야. 위지세가의 차남이라는.”

“말 좀 걸어봐. 혹시 알아? 의외로 성격이 좋을지.”

어떻게 알았는지 정확히 강진혁과 자신을 알아보는 사람들의 대화에 위지명이 미간을 살짝 좁혔다. 어떻게 자신들을 알아보는지 이상했던 것이다. 딱히 전면에 나서서 움직인 적이 없는데 말이다.

“너무 신경 쓰지 마. 어차피 한순간의 관심이니까.”

“그렇습니까?”

“응. 뭐, 너는 그렇지 않을 수도 있지만.”

“그게 무슨 말씀이십니까?”

위지명이 눈을 깜빡거렸다. 왠지 모르게 강진혁의 말에 숨겨진 저의가 있는 것 같아서였다. 하지만 강진혁은 묘한 미소만을 머금을 뿐 더 이상 말을 잇지는 않았다. 그래서 위지명은 더욱더 궁금했다. 강진혁이 하려는 말이 어떤 것인지가.

끼이익.

위지명이 고민하는 사이 강진혁은 어느새 무융이 머물고 있는 호법원에 도착했다. 그러자 여기저기에서 강렬한 기파가 파도처럼 일어나 주변을 휩쓸었다. 한 명 한 명이 중원에서 내로라하는 고수인 만큼 강진혁의 방문을 알아차린 것이었다.

"흐읍!"

하나 멀쩡한 강진혁과는 다르게 위지명은 답답한 비음을 흘렸다. 묵직한 기세가 연이어 사방을 휩쓸자 영향을 받지 않을 수가 없었던 것이다. 그러나 위지명은 이내 본래의 신색을 되찾았다. 강렬한 기파에 대항하지 않고 그저 순순히 받아들이고 흘려보낸 것이었다.

"확실히 많이 늘었어."

"이 정도는 해야 주군을 가장 가까이에서 보필할 수 있지 않겠습니까."

차분한 모습으로 입을 여는 위지명의 모습에 강진혁이 피식 웃었다. 이제는 질릴 법도 할 말을 꾸준히 하는 위지명의 모습이 대단해서였다. 하지만 싫지는 않았기에 강진혁은 옆은 미소를 흘리며 무용의 기운이 느껴지는 곳으로 발걸음을 옮겼다.

"아우!"

강진혁이 온 걸 알고 있었으나 두 사람의 해후를 배려해 준 것인지 전각에는 무용 혼자밖에 없었다. 그렇기에 강진혁은 내심 안도를 하며 무용에게 인사를 건넸다.

"잘 지내셨습니까, 무 형님."

"하하하! 이 형이야 당연히 잘 지냈지!"

여전히 희고 윤기 나는 백발을 가지고 있는 무용은 얼굴 가득 반가운 미소를 머금으며 강진혁을 껴안았다. 그러나 강진혁은 이내 그를 떼어내고는 입을 열었다.

"건강해 보이셔서 다행입니다."

"당연하지! 이 강호에서 나를 어떻게 할 수 있는 무인은 이제 몇 없으니까!"

"그건 잘 알지만 그래도 조심해야 합니다. 특히 칠마군이라 불리는 자들은 더욱더요."

자신감으로 가득 차 있던 무용의 눈빛에 일순 기광이 번뜩였다. 구마성에 이어 칠마군이라 불리는 자들과도 겨뤄본 강진혁이기에 허투루 넘기지 않은 것이었다.

"구마성과 비교하면 어때?"

"광마성보다 약간 못하거나 비슷한 정도입니다."

“그 정도나 돼?”

무융이 살짝 놀란 표정을 지었다. 상대하기가 상당히 까다로웠던 광마성과 비견된다고 하자 쉽사리 믿겨지지가 않았던 것이다. 하지만 광마성을 직접 상대하고 죽이기까지 한 강진혁의 말이기에 믿지 않을 수도 없었다. 때문에 무융은 조금 긴장한 표정을 지었다.

“예. 그러니까 준비를 철저히 해야 합니다. 물론 총군사님께서 알아서 잘하고 계시겠지만요.”

“그 부분에 대해서는 걱정하지 않아도 될 듯하다. 며칠 전부터 군사부 소속의 사람들이 밤을 새워가며 무언가를 준비하고 있거든.”

“역시 총군사님이네요.”

“그보다 합류하러 온 거지?”

반가운 해후를 마치고 무융이 씨익 웃으며 물었다. 그에 강진혁 역시 그를 마주보며 빙긋 웃었다.

“예. 아무래도 천마신교를 내버려 둘 수가 없어서요.”

“하긴 아우 성격에 당하고 가만히 있을 리가 없지. 후후!”

섭천화의 의도대로 청해성에 간 일에 대해 말하는 무융을 보며 강진혁이 옅은 미소를 지었다. 딱히 틀린 말이 아니었기에 반박을 하지 않은 것이었다.

“근데 아우.”

"말씀하세요."

"저번보다 더 강해진 거 같은데?"

웃음을 멈춘 무융이 두 눈을 게슴츠레하게 뜨고서 강진혁의 몸 곳곳을 살펴봤다. 암만 봐도 예전보다 경지가 더욱 깊어진 듯해 보여서였다. 그래서 무융은 단도직입적으로 물었다.

"이리저리 움직이다 보니 깨닫는 게 조금 있었습니다."

"너무 불공평하군. 나도 뼈 빠지게 돌아다녔는데 말이야."

단순히 움직인 것만으로 경지가 높아졌다고 하자 무융이 불만스러운 표정으로 말했다. 똑같이 돌아다녔는데 누구는 경지가 깊어지고, 누구는 조금도 달라지지 않자 마음에 들지 않았던 것이다. 거기다 강진혁의 옆에 있는 위지명 역시 전보다 월등히 강해졌기에 무융은 가슴이 답답했다.

"원래 깨달음이란 불현듯 찾아오는 것이지 않습니까. 곧 무 형님께서 찾아올 겁니다."

"그렇겠지?"

"예. 다만 그게 약간 늦어질 수도 있지만요."

"……마지막 말이 묘하게 의미심장한데?"

무융이 눈을 좁히며 강진혁을 노려봤다. 그의 말이 순수하게 들리지 않은 까닭이었다. 하지만 강진혁은 씨익 웃기만 할 뿐 더 이상 입을 열지 않았다.

“총단에 모여 있는 인원이 생각보다 적은 것 같습니다, 무대협.”

대화가 소강상태에 빠지자 지금껏 조용히 듣고만 있던 위지명이 입을 열었다. 그러자 무융의 시선이 그에게로 움직였다.

“아무래도 정신적 지주라 할 수 있는 소림사와 무당파가 본산으로 돌아갔으니까. 거기에 천마신교의 급습에 무너진 구대문파도 몇 있고.”

“그러한 상황을 감안하더라도 적은 것 같습니다.”

위지명이 말을 이었다. 은연중에 총단을 살펴본 결과 결집된 무인들의 숫자가 적어도 너무 적었기 때문이다. 이런저런 상황을 다 감안하더라도 말이다. 그래서 위지명은 혹시나 무융이 그 이유를 알고 있을까 싶어 물었다.

“그런 거는 총군사에게 물어봐. 난 잘 모르니까. 나를 비롯한 호법원은 그냥 어디 기서 정리해라, 싸워라 하면 가는 쪽이니까.”

“……”

단순하고 간단명료한 무융의 대답에 위지명은 입을 다물었다. 더 이상 물어봤자 들을 수 있는 것이 없다는 사실을 깨달아서였다.

“호법원의 피해는 어떻습니까?”

“뒷북만 친 탓에 피해는 거의 없어. 그래서 몇몇 사람이 칼을 갈고 있지. 허탕만 친 탓에 조금 예민해져 있거든.”

“어떻게 보면 현재 상황에서는 좋은 일이네요.”

“그렇다고 볼 수 있지. 근데 섭천화는 아우가 상대하는 건가?”

강진혁이 천의맹에 합류한 이유는 다른 누구도 아닌 섭천화 때문이었다. 그렇기에 무융은 내심 그럴 거라 생각하며 물었다. 한데 놀랍게도 강진혁은 고개를 저었다.

“마제는 호성이가 상대할 겁니다. 앞으로 닥칠 전쟁은 천의맹과 천마신교의 싸움이니까요. 그러니 두 사람이 맞붙는 게 맞습니다.”

“이미 얘기가 된 모양이네.”

“그렇습니다. 물론 상황이 이상하게 변하면 나설 생각입니다.”

“섭천화가 다짜고짜 공격해 오는 경우?”

“예.”

강진혁이 씨익 웃었다. 자신감이 가득 서려 있는 미소였다. 그에 무융이 역시나란 표정을 지으며 마주 웃었다.

“그럼 전투가 벌어지면 맹주와는 따로 움직이겠구만.”

“아무래도 그럴 것 같습니다. 저나 명이나 곽 문주님은 따로 소속이 없으니까요.”

"나도 같이 움직일까?"

무융이 내심 그쪽을 원한다는 표정을 지으며 말했다. 그에 강진혁이 살짝 고민하는 표정을 지었다. 자신과는 달리 엄연히 호법원 소속인 무융이 자유로이 움직여도 되나 싶었던 것이다. 그런데 무융이 강진혁의 그러한 고민을 깔끔하게 정리해 주었다.

"혹시나 내가 호법원 소속이라서 고민하는 거라면 걱정 안 해도 된다. 호법원에는 나 말고도 강자들이 많으니까."

"그래도 함께 다니는 게 전략적으로 좋지 않겠습니까?"

"글쎄. 전략적이라 할 만한 전력이 아니라서."

무융이 회의적인 표정을 지었다. 분명 호법원의 전력은 상당히 높았다. 중원에서 내로라하는 고수들이 모인 만큼 순수한 전력은 구대문파의 한 문파와 비교해도 그다지 떨어지지 않았다. 하지만 그것은 개개인의 실력만 놓고 봤을 때의 얘기였다. 딘체로 보았을 때 호법원의 전력은 그리 대단하지 않았다. 아무래도 각자 활동하던 고수들을 모아놓은 거라 단결력이 부족했던 것이다.

"이 부분은 제가 호성이에게 한번 물어보겠습니다. 어찌 됐든 천의맹주의 결정에 따르는 게 옳으니까요."

"그렇게 해. 그리고 진혁아."

"예."

“혹시 말이다. 호풍회에 빈자리 하나 있냐?”

강진혁이 두 눈을 동그랗게 떴다. 무융의 의도를 알 수가 없어서였다. 그래서 강진혁은 깊은 눈으로 무융을 지그시 바라보았다.

“흠흠! 이제는 나도 슬슬 노후를 준비해야 할 때가 된 거 같아서 말이다.”

“호풍회에 들어오시게요?”

“아우만 받아준다면 내 인생의 마지막을 거기서 하고 싶다.”

무융이 평소에는 잘 보여주지 않는 진지한 표정으로 말했다. 그에 강진혁 역시 표정이 무거워졌다.

“들으셨는지 모르겠지만, 많이 고생하실 겁니다.”

“대신 그만큼의 보람이 있잖아.”

“제가 회주인 건 아시죠? 마구마구 부려먹을 겁니다.”

무융의 결심이 결코 가볍지 않다는 것을 확인한 강진혁이 입가에 미소를 띠며 말했다. 한데 그의 얼굴에 떠오른 미소가 너무나 음흉했다.

“편안하고 안락하며 즐거운 노후는 안 되는 건가?”

“그럼 호풍회에 들어오시면 안 되죠.”

“허허허.”

정말 칼같이 딱 잘라서 말하는 강진혁의 모습에 무융이 헛

웃음을 흘렸다. 하지만 그렇다고 결정을 물릴 생각은 눈곱만큼도 없었다. 강진혁이 말은 이렇게 해도 막상 그러지 않을 것임을 잘 알고 있었기 때문이다. 게다가 그가 가장 큰 도움을 줄 수 있는 게 바로 무력을 사용하는 일이었다. 그렇기에 무융은 알았다는 듯이 고개를 끄덕였다.

"들어오실 겁니까?"

"까짓 거, 말년에 발바닥에 땀나도록 뛰어보지 뭐."

"적어도 후회는 없으실 겁니다."

"당연히 그래야지."

무융이 강진혁을 바라보며 씨익 웃었다. 그리고 그것으로 무융은 호풍회 소속이 되었다. 물론 지금은 천의맹 호법원 소속이 우선이었지만 말이다. 그래도 앞으로는 함께할 것이기에 강진혁은 마음이 든든해졌다.

"근데 말이다. 혹시 사람이 더 필요하지 않냐?"

"데려오실 사람이 있으십니까?"

"아니, 이왕이면 고수가 많으면 좋지 않을까 싶어서."

무융이 어색한 표정을 지으며 대답했다. 그것으로 보아 무융이 데려오고 싶은 사람이라기보다 오고 싶은 사람이 있는 듯했다. 그것도 무융보다 높은 배분의 무인이. 그래서 강진혁은 알면서도 모른 척을 했다.

"그렇긴 합니다만, 꼭 많이 있을 필요는 없습니다. 사공이 많으면 배가 산으로 가는 경우가 생기니까요."

"그 걱정은 안 해도 될 것 같다. 현재 너의 위상은 그야말로 엄청나니까. 막말로 천하십대고수의 명성이 예전 같지 않잖아."

"누구입니까? 무 형님께 압박을 넣은 분이."

"으응?"

무융이 순간적으로 당황했다. 강진혁이 확신하는 투로 말을 하자 말을 제때 잇지 못했다.

"아직은 말해주시기 곤란한 모양이군요."

"그게, 그러니까……."

"한마디만 전해주세요. 간 보는 거라면 이쪽에서 싫다고요. 그리고 개인적으로 저는 실속만 챙기려는 사람은 싫습니다."

강진혁은 딱 잘라 말했다. 호풍회는 일반 양민들의 권익을 지켜주기 위해 만들어진 조직이지 개인적인 명성이나 혹은 이득 때문에 세워진 조직이 아니었다. 그렇기에 강진혁은 확실하게 짚고 넘어갔다. 호풍회의 존재의미에 대해서.

"흐음. 알겠다."

무융이 무거운 표정으로 고개를 끄덕였다. 하나같이 틀린 말이 없었기에 수긍한 것이었다. 또한 옆에서 호풍회가 어떻게 만들어졌는지 직접 보았기에 무융은 강진혁의 말을 십분

이해할 수 있었다.

"무거운 얘기는 이쯤하고, 식사하러 가시죠. 슬슬 식사 시간인데."

"그럴까? 그러면서 반주도 좀 하고?"

"한 잔 정도는 대작해 드리죠."

"좋아!"

은근히 단순한 성격의 무융이 대번에 밝아진 표정으로 자리에서 일어났다. 시비에게 식사를 준비시켜 달라고 말하기 위해서였다.

잠시 후 방 안에는 음식 냄새와 술 냄새가 가득 차오르기 시작했다.

휘이이잉!

자욱한 먼지구름이 천의맹 총단의 정문 앞을 가득 채웠다. 하지만 성벽 위에 서 있는 수백 명의 무인은 눈 하나 깜빡이지 않았다. 왜냐하면 정문 앞의 평원에는 까마득한 숫자의 마인들이 서 있었기 때문이었다.

스스슥!

새파란 광망을 토해내며 짙은 마기와 살기를 흩뿌리는 마인들이 일순 좌우로 갈라졌다. 그리고 그 사이로 화려하기 짝이 없는 사인교(四人轎)가 모습을 드러냈다.

"저자가 마제인가보군."

"맞아."

반호성의 뜻에 따라 곁에 서게 된 강진혁이 고개를 끄덕거렸다. 거리가 상당했지만 섭천화를 알아보는 데 지장이 없기에 얼굴을 확인하고는 대답한 것이었다.

"생각보다 멀쩡하게 생겼는데."

"하지만 정신 상태는 멀쩡하지 않아."

"대체로 비정상적인 자들이 그렇더라."

묘하게 경험이 묻어나오는 대답에 강진혁이 잠시 시선을 돌려 반호성을 쳐다봤다. 그러자 반호성이 황급히 화제를 돌렸다.

"근데 숫자가 예상보다 더 많은 것 같지 않아?"

"얼추 이천오백 명 정도 되어 보이는 거 같은데."

강진혁이 미간을 좁히며 대략으로나마 숫자를 파악하려 애썼다. 하지만 워낙에 인원이 많아서 그런지 세기가 쉽지 않았다. 거기다 비좁아 보일 정도로 모여 있었기에 더더욱 숫자 파악이 안 되었다.

"우리 전력이랑 거의 두 배 가까이 차이 나네."

"대신 천의맹에는 튼튼한 성벽이 있잖아? 준비도 철저히 했고."

"그렇긴 하다만, 그래도 숫자는 무시할 수 있는 게 아니니까. 더더구나 저들은 무인이기도 하고.”

일반적인 전쟁이었다면 두 배의 전력 차가 있더라도 수성을 하는 쪽이 유리했을 것이다. 하지만 지금의 전쟁은 무인들의 전쟁이었다. 개개인의 기량이 일반적인 보병과는 비교조차 할 수 없는. 그렇기에 반호성은 조금 걱정스런 표정으로 사인교에 여유롭게 앉아 있는 섭천화를 바라봤다.

“내 목소리가 들리는가.”

우우우웅!

반호성이 생각에 잠겨 있을 때 굵직한 저음의 목소리가 평원에 쩌렁쩌렁하게 울려 퍼졌다. 바로 섭천화의 목소리였다. 내공이 가득 담겨 있는. 그에 반호성 역시 음성에 내공을 실어 대답했다.

“잘 들린다, 마제.”

“네가 천의맹주라는 반호성인가보군.”

“예의가 없군. 나이는 어려도 엄연히 그대와 같은 위치에 있는 나인데.”

“적장에 대한 예우를 말하는 것인가?”

서 있는 반호성에 반해 여전히 사인교에 앉아 있던 섭천화가 피식 웃었다. 전쟁을 앞두고서 예의 운운하는 게 우스웠던 것이다. 그래서 그는 싸늘한 눈으로 반호성을 쳐다봤다.

“당신에게 있어 전쟁은 그저 살육일 뿐인가 보군.”

"그게 전쟁의 참모습이니까."

"그렇다면 나도 편하게 나가야겠군. 몰상식한 자에게 예의를 차릴 필요는 없으니."

"마음대로 해라. 어차피 그럴 수 있는 것도 얼마 남지 않았을 테니까."

사인교에 삐딱하게 앉아 있던 섭천화가 비릿한 미소를 흘리며 말했다. 그러자 반호성의 입가도 묘한 호선을 그리기 시작했다. 자신만만해하는 섭천화를 보니 그의 심기 역시 불편해진 것이었다.

"그건 전쟁이 끝나면 알게 되겠지. 누가 피눈물을 흘릴지는 말이야."

"두고 볼 필요는 없다. 이미 결과는 나왔으니까."

"그렇다면 어디 보여주시지. 그토록 자신만만해하는 이유를."

스윽.

반호성의 말이 끝나기 무섭게 섭천화가 손을 들어 올렸다. 그러자 그의 주위에 있던 마인들이 일사불란하게 움직였다. 마치 파도가 퍼지는 것처럼 각자 자세를 바로잡았던 것이다.

"봉마군."

"예, 지존!"

단순히 손을 들어 올리는 것만으로 전열을 정비시킨 섭천화가 나지막하게 봉마군을 불렀다. 그에 다른 마군들과 함께 있던 봉마군이 우렁차게 대답하며 섭천화가 앉아 있는 사인교 앞에 부복했다.

"너에게 무영대(無影隊)를 붙여주겠다. 선봉을 맡아라."

"반드시 성문을 열어 보이겠습니다!"

"가라!"

"존명!"

선봉장을 맡긴다는 말은 그만큼 신임을 하고 있다는 뜻이었기에 봉마군은 얼굴 가득 감격한 표정을 짓고서 대답했다. 그리고는 어느새 주위에 오열을 맞춰 서 있는 무영대 삼백 명을 이끌고 몸을 돌렸다.

처처처척!

봉마군을 위시로 무영대가 천의맹의 정문을 향해 나아가자 천마신교를 따라왔던 수많은 군소방파의 마인들이 곧바로 합류했다. 봉마군과 무영대를 따라 공적을 쌓아 섭천화의 눈에 들기 위해서였다. 그 숫자가 물경 천여 명에 달았다. 거의 반에 달하는 숫자가 봉마군을 따라나선 것이었다.

"흐으음."

하나같이 흑의무복을 입고 있었기에 마치 검은 파도가 움직이는 것 같은 모습에 성벽 위에 서 있던 반호성이 침음을 흘렸다. 다가오는 마인들이 두려워서가 아니라 저들로 인해 죽어갈 백도의 영령들이 안쓰러워서였다. 피해 없이 승리하고 싶지만 그것이 얼마나 어려운 일인지 누구보다 잘 알고 있기에 반호성은 가슴이 아팠다.

"저를 믿어주십시오, 맹주님. 최대한 피해가 없게 만들도록 하겠습니다."

"총군사님."

반호성의 표정에서 속내를 읽어낸 제갈호가 작지만 단호한 목소리로 말했다. 그에 반호성의 시선이 그에게로 향했다.

"맹주님께서 우려하시는 일은 벌어지지 않도록 할 것입니다. 그리고 반드시 승리할 것입니다. 그러니 맹주님은 그저 지켜만 봐주시길."

"부탁드리겠습니다."

단호한 결심이 서린 목소리로 입을 연 제갈호가 별빛처럼 빛나는 눈빛으로 반호성을 바라보다가 시선을 옮겨 일제히 달려오는 마인들을 바라봤다. 그런 그의 눈빛은 형형한 빛을 발하고 있었다.

쿠웅!

반호성의 뒤에 서 있던 제갈호가 앞으로 나섰다. 그러자 거대한 땅울림이 일어났다. 그가 움직이자 밑에서 준비하고 있던 제갈세가의 학사들이 때맞춰 반응한 것이었다.

스르륵!

거대한 성벽마저 미미하게나마 흔들릴 정도의 진동에 제갈호가 우수를 거칠게 위로 들어 올렸다. 그러자 치렁치렁한 소매가 바람에 크게 펄럭였다.

우르르릉!

그와 동시에 천의맹의 정문 앞에 기이한 변화가 일어났다. 느닷없이 땅이 흔들리기 시작했던 것이다.

"뭐지?"

"진법이다! 조심해라!"

선두에서 달리고 있었기에 누구보다 먼저 제갈호의 움직임을 볼 수 있었던 봉마군이 눈을 부릅뜨며 소리쳤다. 지금의 갑작스런 변화가 제갈호에 의해서란 걸 알 수 있었기에 수하들에게 경고를 한 것이었다. 하지만 그는 몰랐다. 이미 그를 비롯한 무영대와 군소방파의 마인들이 진법의 영역 안에 들어온 것을 말이다.

써서저저직!

주변을 경계하면서 정문에 다가갈 때 봉마군의 귓전으로 불안하기 짝이 없는 소리가 들려왔다. 무언가가 빠르게 갈라지는 듯한 소리가 들려왔던 것이다. 그에 봉마군이 황급히 소리의 진원지를 향해 고개를 돌렸다.

"흐읍!"

고개를 돌린 그의 두 눈에 대지가 갈라지는 광경이 들어왔다. 방금 전까지만 해도 평탄하기 짝이 없었던 대지가 말이다. 그에 봉마군이 눈을 부릅떴다. 이것이 진법으로 인한 환영인지 아닌지 구별하기 위해서였다. 하나 그의 두 눈에 이상하거나 수상쩍은 것은 전혀 보이지 않았다: 피어오르는 먼지한 톨마저도 너무나 자연스러웠다. 때문에 봉마군은 이것이 현실인지 아니면 환영인지 분간이 되지 않았다.

"우선 정문을 뚫는다! 갈라지는 대지를 피하며 달리도록!"

"복명!"

상황이 상황이니만큼 봉마군은 빠르게 결단을 내렸다. 그리고는 누구보다 앞서 정문을 향해 질주했다.

"확실히 상황판단이 빠르군. 하지만 과연 정문에 닿을 수 있을까?"

가파르게 솟아 있는 성벽 위에 서서 아래의 정황을 샅샅이 살피며 확인하고 있던 제갈호가 비릿한 표정을 지었다. 동시에 그의 손에 들려 있는 공작선(孔雀扇)이 기묘한 궤적을 그렸다.

그그그긍!

제갈호의 공작선이 기묘하게 휘둘러진 그 순간, 갈라졌던 대지가 크게 진동했다. 동시에 갈라진 틈새에서 무언가가 솟구쳤다.

"크아악!"

“끄륵!”

거무튀튀한 쇠꼬챙이는 마인들의 몸뚱어리를 거침없이 꿰뚫었다. 마치 꼬치처럼 그들의 육신을 꿰어버렸던 것이다. 그러나 갑작스런 공격은 이게 다가 아니었다.

휘리리리릭!

틈새에서 솟구친 쇠꼬챙이를 겨우 피해낸 그들의 위로 매서운 바람이 불어왔다. 그리고 폭우와 같은 화살비가 쏟아졌다. 분명 방금 전까지만 해도 화창하기 짝이 없던 하늘에서 말이다.

쉬쉬쉬쉭!

한여름의 폭우처럼 사정없이 쏟아지는 화살비에 마인들이 해쓱해진 얼굴로 다급히 병기를 휘둘렀다. 그러나 워낙에 많이 쏟아졌기에 모조리 튕겨내기가 쉽지 않았다. 그 결과 백여 명에 달하는 마인이 순식간에 차가운 바닥에 몸을 뉘었다.

“제갈호오!”

“쉽게 정문에 올 것이라 생각했다면, 그거야말로 오산이지. 안 그런가, 봉마군.”

제갈호는 자신을 노려보며 포효하는 봉마군을 향해 조소를 날렸다. 그가 흥분할수록, 분노할수록 그에게는 유리했기에 더욱더 자극하는 것이었다. 그리고 그런 그의 계획은 제대로 먹혀들었다.

“네 이놈!”

“나와 싸우고 싶으면 여기까지 올라오게나. 물론, 그게 쉽지 않겠지만.”

“흐아압!”

봉마군이 눈을 부릅뜨며 기합성을 터뜨렸다. 그러자 그의 전신에서 엄청난 마기가 휘몰아치며 주변을 휩쓸었다. 그뿐만 아니라 주변의 흙먼지가 그가 일으킨 기세를 따라 소용돌이치기 시작했다.

“이까짓 문 따위 한 방에 박살 내주마!”

우우우웅!

단전의 기운을 모조리 끌어올린 봉마군이 애병을 곧추세웠다. 그러자 그가 쥐고 있는 봉극에 어마어마한 기운이 집중되기 시작했다.

쏴아아앙!

이윽고 봉극에 집약된 강기가 가공할 파공음을 토해내며 천의맹의 정문을 향해 흉포하게 뻗어 갔다. 오로지 정문을 향해 무지막지한 기세로 날아갔던 것이다. 한데 정문에 다다를 즈음 기이한 일이 벌어졌다.

쾅과과광!

“아니!”

봉마군이 눈을 부릅떴다. 왜냐하면 정확히 정문을 향해 날린 강기가 마지막에 방향을 틀어 엄한 성벽에 충돌했기 때문이다. 그로 인해 노렸던 정문은 멀쩡하고 대신 성벽이 움푹 파였다.

"어딜 노리는 것인가. 정문은 이 아래이건만."

"……무슨 사술을 쓴 것이냐."

봉마군의 서늘한 눈빛이 제갈호에게 닿았다. 그러나 제갈호는 그러한 봉마군의 강렬한 시선에도 여유로운 표정을 지었다.

"사술이 아니다."

"그렇다면 진법의 효과냐?"

"글쎄. 말해줄 필요는 없다고 보는데."

"흥!"

애매하게 대답하는 제갈호의 모습에 봉마군이 얼굴을 일그러뜨렸다. 그리고는 재치 이병을 휘둘렀다. 그러자 다시 한 번 그의 봉극에서 무지막지한 강기가 솟아나 정문을 향해 날아갔다.

"무의미한 짓이다."

쫘앙!

제갈호가 날아오는 봉마군의 강기를 무심한 눈빛으로 바라보며 중얼거렸다. 그는 봉마군의 강기가 어디로 날아갈 것인지 알기에 긴장하지 않는 것이었다. 하지만 그것은 겉으로

만 보이는 모습이었다.

느긋한 태도와는 달리 제갈호는 지금 등골에 식은땀을 흘리고 있었다. 생각보다 훨씬 더 강력한 봉마군의 공격에 내심 크게 놀라고 있던 것이다.

'이런 식이라면 제아무리 단단한 성벽도 얼마 견디지 못한다.'

지금이야 진법으로 방향 감각을 흔들어놓았기에 성문을 제대로 노리지 못하지만 대신에 성벽이 뚫릴 가능성이 있었다. 때문에 언제까지나 안심할 수는 없었다.

스스슥!

바로 그때 제갈호의 눈에 검은 그림자들이 보이기 시작했다. 하나같이 은밀하게 마인들의 뒤로 파고드는 그림자들의 모습이.

"커헉!"

"크흑! 스, 습격이다!"

"암습이다! 백도 녀석들이 비겁하게 뒤통수를 친다!"

진법의 영향으로 인해 우왕좌왕하던 마인들이 단말마를 토해내면서 소리쳤다. 어떻게든 동료들에게 적들이 공격해오고 있음을 알려주기 위해서였다. 한데 아무리 소리쳐도 그들의 음성은 넓게 퍼지지 않았다. 주변의 동료들만 겨우 듣고는 움직였다.

"지금의 기회를 놓쳐선 안 된다! 최대한 빠르게 주살하도록!"

"알겠습니다!"

쓰러지는 마인들 사이로 강인한 인상의 중년인이 짧고 굵게 지시를 내렸다. 그러자 칠흑처럼 검은 무복을 입은 무인들이 일제히 복창하며 사방팔방으로 흩어졌다. 이윽고 곳곳에서 핏줄기가 비산하며 시신들이 바닥으로 쓰러졌다.

"이런 비겁한!"

"비겁하게 군 것은 천마신교가 먼저지. 곤륜, 공동, 소림, 무당을 기습한 것은 천마신교니까."

"죽여 버리겠다!"

조목조목 따지듯이 대꾸하는 제갈호의 모습에 봉마군이 대노하며 봉을 크게 휘둘렀다. 그러자 반월형의 거대한 봉강이 일어나 성벽을 때렸다. 그 충격으로 인해 제갈호기 몸을 비틀거렸다. 성벽을 때린 강기의 위력이 대단해 그조차도 일순간 몸의 중심이 흔들린 것이다.

"무영대는 서둘러 성벽을 올라라!"

"복명!"

홍분한 봉마군을 대신해 무영대주가 명령을 내렸다. 그러자 봉마군의 뒤에 모여 있던 무영대가 놀라운 경신술을 보여주며 외벽을 타고 올라갔다. 성벽은 높았지만 봉마군이 강기

로 때린 자국이 많았기에 그것을 밟고 올라가니 그리 힘들지
는 않았다.

"어림없다!"

"다시 떨어져라!"

하나 무영대의 놀라운 경신술로도 성벽의 정상에 발을 디
디기란 요원했다. 왜냐하면 이미 자리 잡고 있던 백도의 무인
들이 그들을 공격했던 것이다.

차차차창!

그로 인해 성벽 위에서는 난전이 벌어졌다. 성벽을 넘으려
는 무영대와 성벽을 사수하려는 백도인들이 정말 사력을 다
해 부딪쳤던 것이다.

"죽어랏!"

"뒈져버렷!"

특히 백도 무인들의 기세가 대단했다. 그들은 그동안 천마
신교의 간교한 술수에 당한 울분을 풀려는 듯 정말 전력을 다
해 무공을 펼쳤다. 하나같이 살벌한 살초를 펼친 것이다. 그
로 인해 천마신교의 최정예라 할 수 있는 무영대가 곤혹을 면
치 못했다.

"제기랄!"

"이따위 녀석들한테 발목을 잡히다니!"

한 명이 안 되면 두 명으로. 두 명이 안 되면 네 명이 달라

붙어 악착같이 매달리는 백도 무인들의 공세에 무영대원들이 표독한 표정을 지었다. 천마신교의 최정예라는 자부심으로 똘똘 뭉친 그들에게 있어 이러한 상황은 결코 마음에 드는 상황이 아니었기 때문이다. 그래서 그들은 마기를 가일층 끌어올려 거칠게 마공을 펼쳤다. 하지만 그럼에도 불구하고 치명상을 입은 적들은 몇 없었다. 적게는 두셋, 많게는 대여섯 명이 진형을 갖춰 막아냈기에 공격이 통하지 않는 것이었다.

"멍청한 것들!"

그 모습에 무영대의 부대주가 버럭 소리를 지르며 도강을 일으켰다. 그러자 그의 주위에 있던 백도 무인들의 육신이 양분되며 바닥에 쓰러졌다.

"뭣들 하는 것이냐! 얼른 쓸어버리지 못하겠느냐!"

"복명!"

단칼에 십여 명의 백도 무인을 도륙해 보이는 부대주의 모습에 평대원들이 마음을 가다듬으며 마공을 펼쳤다. 그 결과 팽팽하던 싸움이 조금이나마 무영대 쪽으로 기울기 시작했다.

"그렇게는 안 된다!"

쑤아아앙!

승부의 추가 무영대 쪽으로 조금이나마 기울려고 할 때 무시무시한 파공음이 들려왔다. 그에 심상치 않음을 느낀 무영대원들이 황급히 자리를 박찼다.

콰과광!

무영대원들이 떠난 자리를 한줄기 도강이 휩쓸고 지나갔
다. 그것도 무려 일 장이 넘는 도강이. 그에 자리를 피한 무영
대원들이 속으로 안도의 한숨을 내쉬었다. 만약 본능에 따라
피하지 않았다면 어찌 됐을지 능히 짐작이 갔기 때문이다.

"네놈들은 여기서 단 한 발자국도 나아가지 못한다. 또한
다시 이 아래로 내려가지도 못할 것이다!"

투욱!

주변을 쩌렁쩌렁 울리는 음성과 함께 거구의 장한이 성벽
에 내려섰다. 그리고 그의 주위로 포효하는 호랑이가 수놓아
져 있는 무복을 입고 있는 무인들이 우후죽순처럼 솟아났다.
바로 천의맹의 오단(五團) 중 하나인 맹호전단(猛虎戰團)의 등
장이었다.

"맹호전단주 천호광도(天虎狂刀) 상관득인가."

"그렇다! 본인이 바로 상관득이다!"

호랑이를 닮은 이목구비에 자잘하게 나 있는 잔털로 인해
더욱더 호랑이처럼 보이는 상관득이 포효하는 것처럼 우렁찬
목소리로 대답했다. 그러자 주위에 있던 무영대원들이 얼굴
을 찌푸렸다. 목청이 워낙에 좋았기에 귀가 아파왔던 것이다.

"맹호전단이라. 무영대의 상대로 부족하진 않군. 그렇다고

충분하지도 않지만.”

“그따위 망발을 언제까지 할 수 있는지 두고 보겠다! 하압!”

상관득은 자신을 보며 비릿한 표정을 짓는 무영대주를 향해 몸을 날렸다. 그러자 거구의 육신이 땅을 울리며 순식간에 무영대주에게 짓쳐 들었다.

“싸움은 무식하게 힘으로 하는 게 아니다.”

“크큭! 한 대 맞고도 그런 말이 나올까!”

콰앙!

상관득의 무지막지한 참격이 무영대주가 서 있는 자리에 떨어졌다. 그러나 안타깝게도 상관득의 도강은 허공을 갈랐다. 무영대주가 재빠르게 몸을 움직여 그의 권역에서 벗어났던 것이다. 하지만 그렇다고 안심하기는 일렀다.

쌔애액! 쌔액!

왜냐하면 상관득이 쉬지 않고 참격을 계속해서 날렸기 때문이다. 그렇기에 무영대주 역시 쉬지 않고 움직여야만 했다. 만약 정면으로 부딪친다면 손해를 보는 건 그가 분명했으므로.

“언제까지 피할 수 있을까!”

“그럼 네놈은 언제까지 휘두를 수 있을까?”

상관득이 호기롭게 소리쳤다. 그러나 무영대주는 여유롭

게 대꾸했다. 다른 사람이 보기에는 그가 한없이 밀리고 있는 것처럼 보이겠지만 실상은 달랐기 때문이다. 그렇기에 무영 대주는 의미심장한 미소를 지었다.

"그야 네놈이 뒈질 때까지지!"

"그때는 안 온다. 결코."

"홍! 과연 그럴까!"

쩌어억!

상관득의 참격이 허공을 갈랐다. 동시에 무영대주의 뒤에 있던 무영대원 세 명의 몸이 양분되어 떨어졌다. 운 나쁘게도 상관득의 참격에 당한 것이었다.

쌔애액!

연이어 상관득의 도강이 매서운 파공음을 터뜨리며 다가 왔다. 그에 무영대주가 이번에도 날렵한 몸놀림을 보이며 가볍게 상관득의 공격을 피해냈다. 한데 그 순간 처절한 비명성이 들려왔다.

"커허헉!"

"끄륵!"

무영대주의 시선이 빠르게 비명 소리가 들려온 곳으로 향했다. 그러자 흘러나오는 내장을 부여잡으며 쓰러지는 수하들의 모습이 눈에 들어왔다.

"……일부러 노린 거였나?"

"이제야 알아차리다니. 눈치가 없군."

"이 새끼가……!"

무영대주의 눈빛이 달라졌다. 동시에 잔잔하던 그의 기세 역시 일변했다. 그가 진심으로 살기를 품고 싸울 생각을 먹은 것이었다. 하지만 상관득은 그러한 무영대주의 모습에 빙긋 웃었다.

"진즉 이렇게 나왔어야지, 무영대주."

까아아앙!

무영대주의 검이 처음으로 상관득의 도와 맞닿았다. 그러자 두 사람의 주위로 기의 폭풍이 휘몰아쳤다. 도강이나 검강이 서리진 않았지만 각자의 병기에 실린 기운이 상당하기에 벌어진 일이었다.

"갈가리 찢겨 죽여주마!"

"크흐흐!"

검과 도가 맞닿아 있는 그 순간. 서로의 호흡마저도 선명하게 느껴지는 거리에서 무영대주가 포효했다.

웅웅웅웅!

폭발하듯 치솟은 마기가 삽시간에 새파란 검광을 토해내는 검신으로 흡수됐다. 그러자 칠흑처럼 검은 검강이 솟구치며 상관득의 목을 향해 정확히 뻗어 나갔다.

쉬이이익!

“흐읍!”

간격이 워낙에 짧았기에 거의 찰나 만에 다다르는 검강에 상관득이 다급성을 토해내며 상반신을 최대한 뒤로 젖혔다. 맞받아치기에는 늦었기에 우선은 피할 작정인 듯싶었다.

촤라라랏!

거친 파공음과 함께 상관득의 상의가 갈가리 찢어졌다. 검강이 휩쓸고 간 여파로 인해 벌어진 일이었다. 하나 다행히 상처는 없었다.

“운이 좋구나, 상관득!”

“운이 아니다. 실력이다.”

“홍!”

가까스로 공격을 피해낸 상관득이 짐짓 태연하게 말을 하자 무영대주가 코웃음을 치며 재차 검을 휘둘렀다. 그러자 모골이 송연해지는 날카로운 검격이 상관득에게 쏟아졌다.

쩌엉! 쩌어엉!

정확히 사혈만을 노리고 파고드는 검격에 상관득은 진지한 표정으로 도를 휘둘렀다. 만만하게 볼 수 없는 공격이었기에 그도 그만큼 집중하는 것이었다.

콰앙! 쾅!

쉴 새 없이 격돌하는 검격과 도격에 두 사람 사이에서는 연신 폭음이 울려 퍼졌다. 그뿐만 아니라 주위 역시 쑥대밭으로 변해갔다. 두 사람이 뿌리는 검강과 도강의 편린에 성벽이 남아나질 않는 것이었다.

"근데 수하들에 대한 애정이 없는 것 같군."

"그게 무슨 소리지?"

폭풍같은 격전을 잠시 끝내고서 숨을 고르는 와중에 무영대주가 미간을 좁히며 반문했다. 그로서는 상관득이 무슨 말을 하는 것인지 이해가 되지 않았던 것이다. 그에 상관득이 의미심장한 미소를 지으며 눈짓으로 어느 한곳을 가리켰다.

"저곳을 봐라."

"으음!"

상관득이 가리킨 곳을 슬쩍 바라보던 무영대주가 침음을 흘렸다. 왜냐하면 무영대를 비롯한 군소방파의 마인들이 너무나 허망하게 목숨을 잃고 있었기 때문이다.

"이대로 가다산 아마 전멸을 면치 못할 기다."

"그럴 리 없다."

"봉마군을 믿고 있는 건가? 하지만 봉마군 혼자로서는 절대 성문을 열 수 없다."

상관득이 확신하듯 말했다. 그리고 그것은 진실이기도 했다. 왜냐하면 처음부터 성문을 노렸던 봉마군이 여전히 헛짓거리를 하고 있었기 때문이다. 그렇기에 무영대주는 심각한 표정으로 고민했다. 앞으로 어떻게 행동해야 하는지를.

스으윽!

한데 그 순간 상관득의 도가 은밀하게 파고들었다. 그가 잠시 딴생각을 하는 틈을 교묘하게 노린 것이었다.

"이런 얍삽한!"

"전쟁에 얍삽하고 더러운 건 없다. 있다면 오직 승패만이 있을 뿐!"

까드득!

빈틈을 절묘하게 파고드는 공격에 무영대주가 이를 갈며 검을 들어 올려 가슴을 막았다. 회피하기에는 늦었기에 우선은 막을 작정이었다. 한데 도에 실린 힘이 생각 외로 강력했는지 무영대주는 내상을 입고 말았다.

"크윽!"

내부가 격렬하게 진탕되는 느낌에 무영대주가 다급히 마기를 일으켜 요동치는 기운을 진정시켰다. 그러나 아직 그의 위기는 끝난 게 아니었다.

"으드득!"

기회를 놓치지 않겠다는 듯이 달려드는 상관득을 노려보며 무영대주가 이를 앙다물었다. 그러자 잠시나마 흔들렸던 마기가 안정되며 폭발적으로 증가했다.

콰아앙! 꽝!

그 결과 두 번째 격전이 발발했다. 하나 상황은 첫 번째와는 확연히 달랐다.

"흐름이 좋지 않군."

"소신이 보기에도 그렇습니다."

"그럼 어떻게 해야 하겠느냐?"

"우선은 퇴각을 시킨 다음 전열을 정비해야 할 것 같습니다."

요사하게 빛나는 두 눈을 가진 중년인의 대답에 무영대주와 상관득의 싸움을 보고 있던 섭천화가 고개를 주억거렸다. 그가 생각하기에 그게 가장 나은 결정으로 보였기 때문이다. 하지만 그전에 꼭 짚고 넘어가야 할 문제가 있었다.

"저 진법은 어떻게 해야겠느냐."

"당연히 파훼해야 합니다."

"가능하겠느냐."

섭천화의 시선이 붉으면서 자색을 띤 눈동자를 가진 중년인에게 향했다. 그러자 요사스럽게 빛나는 두 눈을 가진 중년인이 자신만만한 미소를 지어 보였다.

"저까짓 잡술은 저에게 통하지 않습니다."

"그렇다면 보여봐라. 네 능력을."

"알겠습니다."

고개를 숙인 채로 섭천화에게 대답한 중년인이 자연스럽게 몸을 돌리면서 허리를 폈다. 그리고는 좌수를 번쩍 들어

올렸다. 그러자 그의 근처에 있던 혈룡대주(血龍隊主)가 가슴을 크게 펴고서 두 손을 입 앞에 모았다.

"저언군! 퇴각!"

우르르릉!

마치 천둥이 치는 듯한 소리와 함께 혈룡대주의 고함이 사방 곳곳까지 퍼져 나갔다. 하지만 아무리 큰 고함도 진법에 빠져 있는 마인들에게는 제대로 들리지 않았다. 심지어 시종일관 성문만 공략하고 있는 봉마군에게도 혈룡대주의 음성은 들리지 않는 모양이었다.

"제법 심혈을 기울여 만들었군. 소리마저 통제하다니."

"다시 한 번 소리칠까요."

"되었다. 이만큼 해도 안 되면 아예 격리된 것이나 마찬가지다."

"하면 어찌할까요."

혈룡대주가 공손히 반문했다. 그러자 중년인이 두 눈을 빛내며 한 발을 내디뎠다.

"내가 직접 갈 것이다."

"혈룡대가 따르겠습니다."

"됐다. 아이들을 데려오는 것 정도는 나 혼자서도 충분하다."

저벅저벅.

혈룡대주의 말을 단칼에 자른 중년인이 뒷짐을 지고서 걸음을 옮겼다. 한데 느릿한 걸음걸이와는 다르게 그가 실질적으로 움직이는 거리는 엄청났다. 일 보에 거의 오륙 장의 거리를 나아갔던 것이다.

우르르릉!

순식간에 진법의 영역 안에 들어간 중년인이 주변을 두리번거렸다. 그런데 그의 눈이 이상했다. 마치 피처럼 붉은 안광을 토해냈던 것이다.

"저것인가."

흰자위가 전혀 보이지 않을 정도로 적광(赤光)을 토해내는 두 눈으로 주위를 살피던 중년인이 무언가를 발견한 듯 고개를 주억거렸다. 그러더니 우수를 들어 손가락을 가볍게 튕겼다.

퍼석!

그의 손끝에서 뻗어 나간 지풍이 작은 석탑을 단번에 무너뜨렸다. 그러자 주변의 풍경이 살짝이나마 어그러졌다. 중년인의 부숴 버린 석탑이 진법을 유지하는 축 중 하나였던 것이다.

펑! 퍼펑! 퍼엉!

중년인은 봉마군을 향해 가면서 연신 지풍을 날렸다. 그 결과 진법이 크게 흔들렸다. 중년인의 지풍이 정확히 석탑만을 파괴했기에 진법이 더 이상 신기막측한 위력을 발휘하지 못했던 것이다.

"그만해라, 봉마군."

"으음?"

단숨에 봉마군이 있는 곳까지 다가온 중년인이 나지막하게 입을 열었다. 그러자 오직 성문만을 노려보며 봉을 휘두르고 있던 봉마군이 화들짝 놀라며 고개를 돌렸다.

"퇴각해라. 지존의 명이시다."

"지금 말이냐?"

"그렇다."

봉마군의 표정이 참혹하게 일그러졌다. 선봉장의 역할을 맡았음에도 불구하고 별다른 성과를 올리지 못했기 때문이다. 그뿐만 아니라 무영대의 피해 역시도 막심했다. 삼백 명을 데리고 왔는데 지금 살아서 움직이는 인원은 이백여 명에 불과했다. 한 시진이 채 되기도 전에 무려 백 명에 가까운 인원이 죽은 것이다. 게다가 군소방파의 마인들은 거론하기가 어려울 정도로 큰 피해를 입었다.

"공격은 이대로 끝이냐?"

"네 역할은 끝이다."

"……다음은 네가 맡는가 보군."

"그렇다."

굳이 숨길 이유가 없었기에 중년인은 고개를 끄덕였다. 그러자 봉마군의 표정이 다시 한 번 일그러졌다. 중년인에게 밀렸다고 생각하자 자존심이 상한 것이었다.

"이놈의 진법 때문에……!"

까드득!

봉마군이 이를 갈았다. 제갈호의 계략에 속수무책으로 당했다고 생각하자 마음속에서 열불이 일었던 것이다. 하지만 중요한 것은 과정이 아니라 결과였다. 그렇기에 봉마군은 화가 나도 물러날 수밖에 없었다.

휘익!

잔뜩 화가 난 표정으로 봉마군이 몸을 돌렸다. 그리고는 뒤도 돌아보지 않고 섭천화가 있는 곳으로 걸어갔다. 성벽 위에 있는 제갈호를 보면 다시 달려들 것 같기에 일부러 보지 않은 것이었다.

스윽.

돌아가는 봉마군을 일별한 중년인이 제갈호를 바라보며 씨익 웃었다. 무언가 의미심장한 미소였다.

"다시 오겠다. 그리고 그때는 아마 많은 것이 달라져 있을 것이다."

"기대하겠소이다."

"후후."

자신을 똑바로 직시하는 제갈호를 바라보며 희미한 미소

를 지은 중년인이 봉마군과 마찬가지로 몸을 돌렸다. 그러자
어느샌가 무영대가 나타나 그의 뒤를 따랐다.

"쉽지 않겠군."

무영대를 시작으로 군소방파의 마인들을 이끌고서 본대로
복귀하는 중년인을 바라보며 제갈호가 중얼거렸다. 짧은 마
주침이었지만 중년인이 범상치 않은 인물임을 알아볼 수 있
어서였다.

"이번에 되도록 많은 피해를 입혔어야 했는데."

제갈호는 얼굴 가득 아쉬운 표정을 지었다. 맹호전단을 움
직였음에도 불구하고 무영대주를 죽이지 못해서였다. 게다
가 마인들의 피해도 예상보다 적었기에 제갈호는 여러모로
아쉬웠다.

"그래도 첫 침공을 무사히 막았으니 손해는 아닌가."

냉정하게 손익을 따지던 제갈호가 조금은 흡족한 표정으
로 고개를 끄덕였다. 불리한 상황에서 치른 첫 전투치고는 나
쁘지 않았기 때문이다. 하지만 정체 모를 중년인을 떠올리자
왠지 모르게 불안감이 스멀스멀 올라왔다.

"우선 대비를 해야겠군."

제갈호의 시선이 반쯤 붕괴된 진법에 향했다. 그러면서 동
시에 앞으로 할 일을 떠올리며 빠르게 순서를 결정했다.

第七十八章
혼마군(魂魔君)

神氣壽俠 신풍기협

　다음 날이 밝았다. 그러나 천마신교의 병력은 조금도 움직이지 않았다. 정체를 알 수 없는 중년인의 태도로 보았을 때 곧바로 진격을 해도 이상하지 않았었는데 말이다. 그러나 제갈호는 예상 밖의 모습에도 크게 흔들리지 않고 자신이 해야 할 일을 차곡차곡 해나갔다. 시간이 길게 주어지면 주어질수록 좋은 것은 그와 천의맹이었기 때문이다.

　"그 중년인에 대해서는 여전히 알아낸 것이 없느냐."

　"송구하게도 그렇습니다."

　"흐으음."

총군사란 직위와 함께 천목당주를 겸직으로 하고 있었기에 제갈호는 지난날에 중년인에 대해 알아보도록 지시를 내렸다. 한데 부당주가 직접 움직였음에도 불구하고 중년인에 대해서 정확히 알아내지 못했다.

"겨우 알아낸 것은 그가 홍안장마(紅眼掌魔)라 불렸던 마두와 인상착의가 비슷하다는 것뿐입니다."

천목당의 부당주가 확신하지 못하는 투로 겨우 한마디를 내뱉었다. 하지만 그마저도 확실하지 못했기에 목소리에 힘이 없었다.

"홍안장마라면 거의 이십 년 전의 인물이지 않더냐. 그것도 특별한 소속 없이 홀로 다녔다던."

"예. 거기다 활동한 시기도 이 년이 채 안 되기에 제대로 된 정보가 거의 없습니다. 그나마 일문을 멸문시켰던 사건이 없었다면 이런 정보조차도 남지 않았을 겁니다."

"허허허."

마종 이후에 이토록 정보가 없는 인물은 처음이기에 제갈호는 허탈한 웃음이 나왔다. 상대에 대해 무엇이라도 알아야 대비책을 세우든가 할 텐데 그렇지가 못해 답답했다. 하지만 답답하다고 손을 놓을 수는 없었다. 그는 분명히 경고했었다. 다시 오겠다고. 그 정도의 인물은 허언을 하지 않을 것이니 반드시 찾아올 게 분명했다.

둥! 두웅! 둥!

"적이 움직인 모양입니다."

"그런 것 같구나."

멀리서 들려오는 규칙적인 북소리에 제갈호가 자리에서 일어났다. 그리고는 지체없이 성벽 위로 올라갔다.

"숫자가 어제보다 적군."

"하지만 기세는 어제보다 더 날카로운 것 같습니다."

"아무래도 혈룡대가 나섰으니까."

제갈호의 시선이 어제 귀신처럼 나타나 봉마군과 무영대를 이끌고 되돌아갔던 중년인의 뒤에서 따라오는 일단의 무리에게로 향했다. 피처럼 붉은 무복을 입고 있는 마인들에게로.

"한데 저자의 자신감이 좀 과한 것 같습니다. 천삼백여 명으로도 뚫지 못했는데 단 삼백 명만 데리고 온 것을 보면요."

"글쎄. 니기 보기에는 전혀 괴해 보이지 않구나."

콰쾅!

제갈호의 말이 끝나기 무섭게 선두에서 느긋한 모습으로 걸음을 옮기던 중년인이 손가락을 튕겼다. 그러자 제갈호가 밤새도록 보수해 놓았던 석탑이 너무나 허망하게 무너져 내렸다.

"왜냐하면 진법은 더 이상 통하지 않을 듯해 보이니까."

"으으음!"

석탑만을 정확히 부수는 중년인의 모습에 부당주가 침음을 흘렸다. 다른 이도 아니고 제갈호가 직접 구축한 진법을 저렇게 손쉽게 부수려면 석탑의 위치를 정확히 꿰뚫어 보지 않는 이상은 불가능했기 때문이다.

"역시나 통하지 않는군. 특별한 마안공(魔眼功)을 익힌 것인가."

어설프게 알고서 맞추는 것이 아니라 정확히 파악하고서 맞추는 듯한 중년인의 손짓에 제갈호가 심각한 표정으로 턱을 쓰다듬었다. 지금 보이는 광경으로는 그렇게밖에 생각되지 않아서였다.

"어찌 됐든 준비를 해야겠군."

"복명."

이미 이러한 상황도 예측하고 있었기에 제갈호는 크게 당황하지 않고 부당주에게 지시를 내렸다. 그런 다음 뒤쪽에 서 있는 반호성을 바라봤다. 지금의 상황을 있는 그대로 그에게 전음으로 보고하는 것이었다.

쿠그긍!

그러는 사이 중년인과 혈룡대는 성문의 지근거리까지 도착했다. 어제와 달리 진법의 피해는 전혀 받지 않은 모습으로.

"나름 준비를 많이 한 것 같다만, 쓸모없는 짓이었다."

"그런 것 같군."

중년인과 제갈호의 눈빛이 부딪쳤다. 그러나 의외로 서로를 바라보는 눈빛에 살기는 없었다. 엄연히 두 사람은 적으로 마주 섰는데도 말이다.

"성문을 지킬 수 있을 것 같나?"

"그보다 당신의 정체를 알고 싶은데."

제갈호가 질문했다. 확실치 않은 정보를 확인하기 위해서였다. 한데 느닷없는 제갈호의 질문에도 불구하고 중년인의 표정은 그리 큰 변화가 없었다. 시종일관 차분한 태도로 제갈호를 주시하기만 했다.

"그게 궁금한가?"

"말해줄 수 있다면 듣고 싶은데."

"천마신교 내에서의 별호는 혼마군이다. 직책은 그대와 비슷하지."

"군사란 말인가?"

제갈호가 눈을 빛냈다. 그는 이제야 어제 혼마군이 남긴 말의 의미를 제대로 알 수 있었던 것이다. 다시 보자는 의미가 어떤 것인지를.

"그렇다고 볼 수 있다. 안타깝게도 본교에는 딱히 똑똑한 인물이 없거든."

"한데 군사가 전장에 직접 나선단 말인가?"

"안 될 이유라도 있나? 힘이 있는데?"

혼마군이 씨익 웃었다. 동시에 그의 전신에서 무시무시한 기세가 터져 나왔다. 말한 대로 그가 본인의 힘을 드러내 보인 것이었다. 그에 제갈호의 안색이 일변했다. 혼마군이라는 별호를 들은 순간 짐작을 했었는데 역시나 그 예상이 맞았다.

"천마신교의 칠마군 중 한 사람이었군."

"그런 셈이지. 이제는 오마군이 되었지만."

짐짓 씁쓸하게 말하는 혼마군이었으나 정작 그의 표정은 그다지 슬픈 기색이 아니었다. 그렇기에 제갈호가 미간을 좁혔다. 의외로 칠마군 사이의 관계가 그리 깊지 않은 듯해 보였기 때문이다.

"오늘이 지나면 넷으로 줄어들겠군."

"가능하리라 보나?"

"불가능할 것도 없지 않소?"

"후후후!"

대놓고 자신을 죽이겠다는 제갈호의 말에 혼마군이 웃음을 흘렸다. 어이가 없어서 흘리는 웃음이었다.

"혈룡대가 대단하다 하나, 그래도 수적 차이를 이겨낼 수는 없을 것이오."

"이상한 소리를 하는군. 성문을 부수는 것은 오로지 내 몫이다. 혈룡대는 그저 나를 보좌하러 온 것일 뿐.”

웅웅웅웅!

여전히 미소를 지은 채로 혼마군이 우수를 들어 올렸다. 그러자 그의 장심으로 막대한 마기가 응집되기 시작했다. 보기만 해도 등골이 오싹해지는 어마어마한 마기가.

“그러니 그대는 나만 막으면 된다. 혈룡대는 신경 쓰지 말고. 한데 그게 쉽지만은 않을 것이야.”

쑤아아앙!

어린아이 주먹만 한 크기의 강환이 성문을 향해 쏜살같이 날아갔다. 그리고 폭발했다.

꽈아아앙!

엄청난 폭발과 함께 성벽이 뒤흔들렸다. 하나 제갈호는 몸이 흔들릴 정도의 진동에도 몸을 가누기보다는 성문의 상태를 먼저 살폈다. 지금 중요한 것은 균형을 잡는 게 아니라 성문의 상태였다. 때문에 제갈호는 날카로운 눈으로 성문을 주시했다. 그리고 깜짝 놀랐다. 왜냐하면 단 한 번의 공격으로 성문이 거의 반파되었기 때문이다.

“의외로 단단하군. 솔직히 이번 공격으로 구멍 정도는 뚫을 줄 알았는데.”

“공격해라!”

“복명!”

파바바밧!

성문의 상태를 확인한 제갈호가 공격 명령을 내렸다. 그러자 미리 대기하고 있던 흑표전단(黑豹戰團)의 무인들이 호쾌하게 대답하며 혼마군을 향해 달려들었다.

쌔애액!

흑표전단은 공통적으로 모두 도법을 익혔기에 허공에는 수십 개의 도광이 번뜩이며 혼마군에게 쇄도했다. 한데 수십 개의 참격이 쏟아지는데도 혼마군은 제자리에서 꼼짝도 하지 않았다.

'왜지? 어째서 움직이지 않는 거지?'

뒷짐을 지고서 가만히 서 있는 혼마군의 모습에 제갈호가 미간을 좁혔다. 그로서는 혼마군의 행동이 이해되지 않았던 것이다. 하지만 그러한 의문은 얼마 가지 않아 해소되었다.

툭. 투욱. 툭.

살기등등하게 달려들었던 흑표전단의 무인들이 마치 거짓말처럼 공격을 멈췄다. 그것도 하나같이 멍한 표정으로. 그 모습에 제갈호가 두 눈을 부릅떴다.

"헛된 짓이다. 나에게 있어 이런 공격은 말이지."

"……어떻게 한 것이오?"

바닥에 내려선 후 꼼짝도 하지 않는 흑표전단의 모습에 제갈호가 딱딱하게 굳은 얼굴로 물었다. 그런 그의 표정에는 의

문이 짙게 묻어 있었다.

"간단히 말해, 이지를 제압했다."

"그 짧은 사이에 말이오?"

제갈호가 믿기지 않는다는 투로 대답했다. 창졸간이라 할 수 있는 순간에 이지를 제압했다고 하자 믿을 수가 없었던 것이다. 다른 이들도 아니고 천의맹의 정예 무단인 흑표전단을 말이다.

푹! 푸욱!

한데 그 순간 놀라운 일이 벌어졌다. 멍한 표정의 흑표전단원들이 마치 혼마군의 말을 증명이라도 하려는 듯 스스로의 목에 도를 찔러 넣었던 것이다. 그리고 그중에는 놀랍게도 흑표전단의 부단주도 있었다.

털썩! 털썩! 털썩!

"이럴 수가……."

한 치의 밍설임도 없이 스스로의 목을 찔러 사살하는 흑표전단의 모습에 제갈호는 말을 잃었다. 반면에 혼마군의 얼굴에는 미소가 떠올랐다.

"그러니 어쭙잖게 숫자로 밀어붙이지 말고 실력자를 내보내도록. 그렇지 않으면 모두 이 모양 이 꼴로 죽게 될 테니까."

"그렇다면 내가 상대해 주지!"

"음?"

마인다운 잔혹성을 여지없이 보여주던 혼마군이 우측에서 들려오는 우렁찬 음성에 고개를 움직였다. 자신만만하게 나서는 이가 누구인지 보기 위해서였다.

휘리릭!

이윽고 그의 시선에 멋들어지게 경신술을 펼치면서 바닥에 내려서는 한 명의 중년인이 잡혔다.

"태백문(太白門)의 장문인 나 범여강이 말이다!"

"호오."

호기롭게 자신의 앞에 내려선 삼십대 중반의 중년인을 바라보며 혼마군이 눈을 껌뻑거렸다. 지닌 바 실력과는 다른 자신감에 감탄한 것이었다.

"하아앗!"

아무도 예상하지 못한 순간에 성문 앞에 내려선 범여강이 힘찬 기합성과 함께 혼마군에게 달려들었다. 그런 그의 눈에는 오로지 명성을 향한 탐욕만이 담겨 있었다.

칠마군의 일인인 혼마군을 꺾음으로써 명성을 얻고자 한 것이었다. 하나 그는 달콤한 과실에 눈이 멀어 정작 중요한 사실을 놓치고 말았다.

"나이만 처먹은 애송이로군."

"으어어!"

　호기롭게 나선 것과는 어울리지 않게 범여강은 혼마군의 근처에도 다가가지 못했다. 그와 눈이 마주친 순간 마치 혼백이 흩어지는 것 같은 고통을 느꼈기에 제대로 움직일 수가 없었던 것이다. 그뿐만 아니라 자신이 지금 이곳에서 무엇을 하고 있는지조차 생각할 수 없었다.

　"그만 죽거라."

　혼마군은 침을 질질 흘리며 알 수 없는 소리를 중얼거리는 범여강을 향해 싸늘히 말했다. 그러자 범여강이 조금의 망설임도 없이 손에 쥐고 있던 검을 움직여 자신의 심장을 찔렀다.

　푸욱!

　앞서 죽었던 흑표전단의 단원들과 마찬가지로 범여강은 스스로의 심장에 검을 꽂았다. 고통을 전혀 느끼지 못하는 표정으로.

　털썩.

　신음도, 비명도 없이 고꾸라지는 범여강의 모습에 제갈호의 표정이 착 가라앉았다. 단 두 번이었지만 혼마군의 위험성을 알기에 부족함은 없었다. 때문에 제갈호는 복잡한 표정을 지었다. 혼마군의 마안공을 어떻게 상대해야 할지 감이 잡히지 않았던 것이다.

　"총군사는 생각이 참 많아. 물론 평소에는 그게 큰 도움이 되지. 하지만 지금과 같은 상황에서는 오히려 좋지 않네.”

“도 대협.”

“그리고 저쪽에서 칠마군 중 한 명이 나섰다면 우리 쪽도 격에 맞는 인물이 나서야 하지 않겠는가.”

어느새 다가온 것인지 도자룡이 씨익 웃으며 말했다. 그에 제갈호가 저도 모르게 실소를 흘렸다. 무거웠던 분위기를 한순간에 가볍게 만드는 그의 능력이 대단해서였다.

“조심하셔야 합니다.”

“그건 저자가 들어야 할 말 같은데.”

“마안공을 특히 조심하십시오.”

“걱정 마시게나.”

천하십대고수다운 여유를 보이며 도자룡이 성벽을 가볍게 박찼다. 그러자 그의 신형이 순식간에 혼마군의 앞에 도착했다.

“호오. 이번에는 만공무제인가.”

“단번에 날 알아보다니. 강호 생활이 적다고 들었는데, 꼭 그렇지만도 않은 모양이군.”

“그대 정도의 무인은 알고 있어야 하니까.”

혼마군이 짐짓 띄워주는 듯 말했다. 하지만 도자룡은 그러한 혼마군의 말에도 별다른 반응을 보이지 않았다. 그저 호기심이 가득한 표정으로 그를 바라봤다.

수없이 많은 무공을 익힌 그인 만큼 혼마군의 마안공이 궁금했던 것이다. 그래서 직접 나선 것이었고.

"두 눈은 원래 그렇게 붉은 건가?"

"그럴 리가. 후천적인 영향이라네."

"마안공의 영향인가 보군."

"그렇지."

혼마군과 도자룡은 마치 절친한 친우 사이처럼 너무나 편안하게 대화를 주고받았다. 다른 이가 보면 오랜만에 만난 친구라고 생각할 정도로 말이다.

"한데 나 정도의 무인도 현혹할 수 있나?"

"한번 겪어보겠나?"

"그럴 생각으로 나왔으니 한번 시전해 보시지."

자신만만하게 말하는 도자룡의 모습에 혼마군이 의미심장한 미소를 지었다. 그에게는 도자룡의 말이 무모한 만용처럼 보였던 탓이다.

"후회하지 않을 자신 있나?"

"물론."

"그렇다면 어디 한번 겪어보게."

파아아앗!

혼마군의 두 눈에서 요사스러운 적광이 뿜어져 나왔다. 그에 도자룡은 일순 정신이 혼미해졌다. 미리 준비하고 있었음에도 불구하고 혼마군의 마안공에 정심이 흔들린 것이었다.
하지만 아직 놀라기엔 일렀다.

"어?"

마안공이 대단하기는 했으나 그렇다고 심지(心志)를 잃을
정도는 아니었기에 자세를 가다듬고서 혼마군에게 다가가려
했던 도자룡이 갑자기 몸을 비틀거렸다. 정신은 그의 마안공
을 버텨내었으나 육체는 완벽히 벗어나지 못했던 것이다. 그
로 인해 도자룡은 육신을 자기 뜻대로 움직일 수가 없었다.

"어떤가? 나의 매혼마안공(魅魂魔眼功)이."

"……대단하군. 직접 겪었어도 믿기지 않을 정도로."

"후후후!"

누구보다 많은 무공을 알고, 익히고 있었기에 도자룡은 매
혼마안공의 무서움을 확실하게 알 수 있었다. 그렇기에 그는
순순히 매혼마안공을 인정했다. 천하십대고수 중 한 사람인
그를 이렇게 만들 정도의 무공이라면 웬만한 무인들은 꼼짝
도 하지 못하고 당할 게 분명했기 때문이다.

"하나 파훼하지 못할 정도는 아니다."

"호오. 할 수 있겠나?"

"물론!"

후우웅!

잠시나마 흔들렸던 도자룡의 동공이 제자리를 찾음과 동

시에 그의 전신에서 막대한 기파가 터져 나왔다. 혼마군의 매혼마안공을 뿌리치기 위해 그가 본신진기를 일으킨 것이었다.

"쉽지 않을 것이야."

한데 그런 도자룡을 바라보는 혼마군의 표정이 의미심장했다. 그는 마치 결과를 알고 있는 것처럼 팔짱을 끼고서 여유로운 시선으로 그를 주시했다.

휘이이잉.

잠시의 시간이 지나고 폭풍처럼 일어났던 기세가 차츰 가라앉았다. 하지만 달라진 것은 없었다. 혼마군의 매혼마안공에서 벗어나기 위해 본신진기를 일으켰음에도 불구하고 도자룡은 뜻을 이루지 못한 것이었다.

"이게 어떻게 된……."

그 결과에 도자룡이 믿기지 않는다는 표정을 지었다. 여전히 억압되어 있는 육신의 상태를 인정할 수가 없었던 것이나.

스윽.

하나 혼마군은 그러한 도자룡을 보고 있지 않았다. 그의 시선은 성벽 너머, 천의맹주와 나란히 서 있는 한 명의 청년에게 향해 있었다.

'저자인가. 지존의 계획을 모두 다 헝클어놓은 인물이.'

겉으로 보기에는 평범하기 짝이 없으나 계속 보고 있으면 왠지 모르게 비범함이 느껴지는 청년의 모습에 혼마군이 내심 고개를 끄덕였다. 고요하지만 거대한 기운이 그의 육신 안에 잠재되어 있음을 느낄 수 있었기 때문이었다.

'독마군과 시마군이 괜히 당한 게 아니었군.'

잠시나마 부딪친 시선에서 혼마군은 많은 것을 느낄 수 있었다. 그러나 그는 강진혁의 기세를 살펴보느라 미처 한 가지 사실을 알아차리지 못했다. 어느 순간 자신의 팔뚝에 소름이 짙게 돋아나 있음을 몰랐던 것이다.

"우선은 이곳에 온 목적을 이뤄볼까."

스윽.

여전히 놀란 표정으로 어떻게든 매혼마안공에서 벗어나려 하는 도자룡을 일별하고서 혼마군이 우수를 들어 올렸다. 그러자 막대한 마기가 그의 장심에 응집되기 시작했다.

쑤아아아앙!

순식간에 응집된 거대한 마기는 완벽한 구형을 이룬 후 성문으로 벼락같이 날아갔다. 그리고 정확히 반파된 성문과 충돌했다.

짜앙!

귀가 먹먹해질 정도의 폭음과 함께 짙은 먼지 구름이 일어났다. 그러자 모든 이들의 시선이 성문에 집중됐다. 모두가 이번 혼마군의 공격으로 성문이 뚫렸는지, 그렇지 않은지 궁금해했던 것이다.

"성공이군."

"으음!"

잠시 후 먼지 구름이 가라앉으며 성문의 모습이 드러났다. 결과는 놀랍게도 성문의 완파였다. 반파되었었던 성문이 산산조각 나며 구멍이 훤히 뚫려 있었다. 그에 혼마군은 흡족한 표정을 지었고 제갈호는 침음성을 흘렸다. 단 두 번에 성문이 박살 나자 앞으로 닥칠 암담한 미래가 뇌리에 떠올랐던 것이다.

"우와아아!"

성문이 뚫림과 동시에 사방에서 고함 소리가 터져 나왔다. 바로 천마신교를 따라 정마대전에 나선 군소방파의 마인들이 내지르는 함성 소리였다.

"이제부터가 제대로 된 전쟁이다, 은현수사."

"고작 성문이 뚫렸을 뿐이외다."

"하지만 두 눈은 급격하게 흔들리고 있군."

흔들렸던 동공을 놓치지 않고 봤었던 혼마군이 씨익 웃으며 대꾸했다. 그러자 제갈호가 아니라는 듯이 태연하게 입을 열었다.

"당신 때문에 흔들린 것이 아니오. 단지 약간 당황했을 뿐이지."

"그렇다면, 믿어주지. 그대 정도 되는 인물이 헛소리를 지껄이지는 않을 테니까."

제갈호의 안면이 미미하게 붉어졌다. 혼마군이 짐짓 그를 높게 평가하는 듯 말했지만 실상은 그게 아니라서였다.

"그나저나 만공무제를 이대로 놔둘 건가? 여기에서 잃기에는 아쉬운 전력일 텐데?"

"이익!"

혼마군이 사방팔방에서 밀고 들어오는 마인들을 힐끗 바라본 후 도자룡에게 손을 뻗었다. 그러자 도자룡의 육신이 너무나 가볍게 떠올라 그의 손아귀에 잡혔다. 허공섭물의 한 수였다.

"그야 당연히 안 되지."

휘리리릭!

새하얀 백의무복이 바람에 펄럭이는 소리와 함께 한 명의 중년인이 바닥에 내려섰다. 그런데 자연스럽게 흘러나오는 기도가 상당했다. 언뜻 느껴지기는 기운이 만공무제 이상이었다. 때문에 혼마군이 눈을 좁히며 새로이 나타난 중년인을 바라봤다.

"만공무제에게서 손을 떼라."

"초면부터 하대라. 역시 듣던 대로 성정이 오만하군."

"그만한 실력이 있으니까."

쉬이이익!

분명 손 하나 까딱하지 않았건만 혼마군은 예리한 파공음을 느꼈다. 그래서 반사적으로 만공무제의 목을 잡고 있던 손을 놓으며 뒤로 한 걸음 물러났다. 그러자 그가 방금 전에 있던 자리에 한 줄기 선이 깊게 파였다.

"확실히 실력은 있군. 자하검존(紫霞劍尊)이라 불릴 만한 자격이."

"괜찮소?"

혼마군이 땅을 가로지른 검흔을 바라보며 말했다. 하지만 자하검존 적원 도장은 그의 말에 대답하지 않았다. 대신 도자룡을 바라보며 물었다.

"괘, 괜찮소이다."

"우선은 복귀부터 하시오. 마안공부터 파훼하는 게 먼저인 것 같소."

"…염치불구하고 먼지 복귀하겠소."

도자룡이 붉어진 얼굴로 힘겹게 입을 열었다. 스스로의 부족함을 인정하는 게 부끄러워서였다. 이윽고 도자룡은 절뚝거리는 걸음걸이로 천의맹 총단 안으로 들어갔다.

"대화는 다 끝났나?"

"덕분에."

"그럼 이제 시작하면 되겠군."

“그렇지.”

쉬이이익!

말을 마침과 동시에 적원 도장의 검이 미세한 파공음을 흘리며 혼마군에게 쇄도했다. 그가 마안공을 펼치지 못하게 선공을 취한 것이었다.

“후후! 내 매혼마안공이 두려운가 보군.”

“전혀. 다만 약간 껄끄러울 뿐.”

“소심한 인간이로고.”

본심을 인정하지 않는 적원 도장의 말에 혼마군이 조소를 지었다. 역시나 겉과 속이 다른 모습에 비웃음을 흘린 것이었다. 그리고 한편으로는 적원 도장의 평정심을 흔들려는 의도도 있었다. 한데 의외로 적원 도장은 차분했다. 분명 혼마군의 조소를 정확히 봤는데도 말이다.

“어쭙잖은 도발은 통하지 않는다.”

“그런 것 같군.”

흔들리지 않는 눈빛으로 날카로운 검세를 일으키는 적원 도장의 모습에 혼마군이 고개를 끄덕였다. 하지만 어디에서도 긴장한 기색은 보이지 않았다. 다른 이도 아니고 화산파 장문인인 적원 도장이 펼치는 이십사수매화검법(二十四手梅花劍法)을 정면으로 받으면서 말이다.

쒜애애액!

예리하기 그지없는 자색의 검강이 일순 허공을 관통하며 심장을 노렸다. 그에 혼마군이 가볍게 땅을 박찼다.

"미꾸라지처럼 잘도 피하는군."

"피하는 것도 엄연히 기술 중 하나이니까. 그러니 잘해야 하지 않겠나. 후후!"

"그 여유가 과연 언제까지 갈 수 있을지 궁금하군."

"단언컨대 그대가 원하는 모습을 볼 수는 없을 거야. 다른 한 명이 더 추가된다면 모를까."

으드득!

적원 도장의 얼굴에 처음으로 표정 변화가 나타났다. 자존심을 제대로 건드는 혼마군의 말에 평정심이 흔들린 것이었다. 그리고 그것은 곧 검세의 변화로 나타났다.

파파파팟!

지극히 딘순하면시도 묵직헀던 검세가 대번에 바뀌었다. 더불어 기세 역시 일변했나. 산산한 호수와도 같았던 기세가 변화막측한 검세와 함께 사납게 변했던 것이다.

쌔액! 쌔애액!

자색의 검강이 무시무시한 파공음을 토해내며 혼마군의 전신사혈을 노렸다. 그야말로 오로지 죽이겠다는 살의가 담긴 살초였다. 하나 달라진 기세에도 불구하고 적원 도장의 검은 혼마군에게 닿지 못했다. 그의 검이 빨라진 만큼 혼마군의 움직임 역시 빨라졌기 때문이었다.

"이익!"

그 모습에 적원 도장이 짜증스런 표정을 지었다. 전력을 다해 이십사수매화검법을 펼쳤음에도 크게 달라진 것이 없어서였다. 반면에 피하기만 하는 혼마군의 얼굴에는 미소가 감돌았다. 적원 도장이 조급해할수록 그는 유리했기 때문이다.

"이십사수매화검법은 다 구경했으니 이제는 칠절매화검법(七絶梅花劍法)을 펼쳐보지 그래? 예전부터 한 번쯤은 보고 싶었는데."

"하아압!"

대놓고 이죽거리는 혼마군의 모습에 적원 도장이 자하진기를 극성으로 일으켰다. 그러자 검을 휘감고 있던 검강이 무려 일 장이나 커졌다.

적원 도장은 그것을 그대로 혼마군을 향해 휘둘렀다.

"이크!"

무서울 정도로 빠르게 떨어지는 공격에 혼마군이 미처 피해내지 못하고 손을 내밀었다. 회피하기에는 늦었기에 막은 것이었다. 그러자 엄청난 폭음이 터져 나왔다.

콰아앙!

하나 적원 도장은 먼지 구름이 짙게 일어났는데도 공격을 멈추지 않았다. 혼마군이 쓰러지지 않은 것을 알기에 연거푸 공격을 펼친 것이었다.

짜앙! 꽝! 꽝!

이윽고 짙은 먼지 구름 속에서 굉음이 연신 터져 나왔다. 적원 도장과 혼마군이 충돌하는 소리였다.

"끝을 내주마!"

기세를 잡았다고 생각한 것인지 적원 도장이 포효하듯 소리쳤다. 그러자 먼지 구름이 일시에 걷히며 그동안 먼지에 가려 보이지 않았던 두 사람의 모습이 훤히 드러났다.

쑤아아앙!

검을 번쩍 들고 있던 적원 도장이 맹렬한 기세로 검초를 뿌렸다. 그러자 무시무시한 파공음과 함께 거대한 자색의 검강이 혼마군의 육신을 반으로 쪼개 버릴 듯이 떨어져 내렸다.

짜아앙!

이윽고 두 사람 사이에서 어마어마한 폭음이 터져 나왔다. 그에 모든 이들의 시선이 두 사람에게로 향했다. 결과가 어찌 됐는지 다들 궁금해하는 것이었다.

"쓸데없이 힘을 낭비하는군. 지금껏 통하지 않았음을 처절하게 겪었음에도 불구하고 말이야."

"후우우!"

폭발로 인해 일어난 먼지 구름이 가라앉자 전경이 드러났다. 숨이 차 얼굴이 붉어진 적원 도장과 그 앞에 아무렇지도 않은 표정으로 마주 서 있는 혼마군의 모습이.

"지금이라도 늦지 않았다. 한 명을 더 불러라. 한 번 더 기회를 줄 터이니."

"싫다면?"

"그럼 내 손에 죽겠지."

혼마군이 씨익 웃었다. 그런데 그 미소가 적원 도장에게는 너무나 섬뜩하게 보였다. 마치 금방이라도 죽을 것만 같은 오싹한 느낌이 들었던 것이다. 하지만 그는 애써 그러한 감정을 털어내었다.

"너의 상대는 나다. 내가 죽기 전까지는."

"끈질기군. 안 된다는 사실을 잘 알고 있으면서."

"차합!"

적원 도장이 혼마군의 말을 도중에 끊으며 다시 쇄도했다. 그런데 놀랍게도 혼마군은 피하지 않았다. 지금까지와는 다르게 움직이지 않은 것이었다.

"조금 더 놀고 싶지만, 어쩔 수 없군. 나에게 주어진 시간이 그리 많지 않아서."

파아아앗!

혼마군이 매혼마안공을 펼쳤다. 그러자 요사스러운 붉은 빛이 그의 두 눈에서 뿜어져 나오며 일순 온 세상을 뒤덮었다. 그리고 적원 도장의 신형이 멈췄다.

"으으윽!"

"어떤가? 몸을 마음대로 움직일 수 없는 느낌이. 마혈을 짚힌 것과는 느낌이 많이 다르지?"

혼마군이 싱긋 웃었다. 그러나 적원 도장은 대답을 할 수 없었다. 온몸이 뻣뻣하게 굳었기에 말을 하고 싶어도 할 수가 없었던 것이다. 동시에 온몸에 오한이 들었다. 지금 상황에서 혼마군이 공격하면 꼼짝없이 당해야 할 판이어서였다.

"긴장했군. 내가 공격할까 봐. 하지만 그런 걱정은 하지 않아도 된다. 아직은 죽일 생각이 없으니까."

혼마군이 걱정하지 말라는 투로 말했다. 하나 적원 도장은 오히려 그 말이 더 두려웠다. 아직이란 말이 너무나 섬뜩하게 다가왔던 탓이다.

"자! 이번에는 누가 나설 거지?"

적원 도장을 일별한 혼마군이 성벽 위를 바라봤다. 이곳을 주시하고 있는 많은 이들이 서 있는 곳을 향해. 특히 그는 그들 중에서 유독 한 사람을 유심히 바라봤다.

"내가 나서길 바라는가 보군."

혼마군의 시선이 향한 곳. 그곳에는 강진혁이 서 있었다.

"하도 대단하다는 소문을 자주 들어서 말이지."

"후회하지 않을 자신 있나? 지금껏 나를 원했던 이들 중에 살아 있는 이는 딱 두 명뿐인데."

강진혁이 묘한 미소를 지으며 말했다. 그런데 그 미소를 본 혼마군의 표정이 심상치 않게 변했다. 그는 강진혁이 말하고자 하는 본의를 제대로 파악했던 것이다. 그래서 혼마군은 곧바로 말을 잇지 못했다.

“그리고 아직은 때가 아닌 것 같군.”

스스슥!

이어진 강진혁의 말이 끝나기도 전에 혼마군의 곁에 내려서는 스물네 명의 사람이 있었다. 한데 그들이 뿌리는 기세가 대단했다.

“화산의 자랑이라는 매화검수인가.”

애초에 내려설 때부터 위치를 잡고서 내려선 스물네 명의 사내를 빠르게 훑어보며 혼마군이 중얼거렸다. 그는 뒤늦게 자하검존이 만공무제와 다른 점을 깨달은 것이다.

“장문인을 돌려받을 것이다.”

“흐으음. 이들을 믿는 것이냐, 천풍신룡.”

매화검수의 수장이 딱딱하게 굳은 얼굴로 혼마군에게 말했지만, 정작 그의 시선은 강진혁에게 향해 있었다.

“믿을 수밖에. 그들은 화산파가 자랑하는 검객들이니까. 그리고 만만하게 보면 큰코다칠 거다. 왜냐하면 이곳은 천마신교가 아니거든.”

“그런 것치고는 상대들이 너무 허약한데.”

“지금까지는 전쟁이 아닌, 비무의 기준에서 대결을 했었으니까.”

강진혁이 의미심장한 표정을 지으며 말했다. 하나 혼마군은 그의 말을 제대로 파악하지 못한 것인지 애매모호한 표정을 지었다.

“그게 무슨 말이지?”

“그건 곧 알게 될 거다.”

“개진(開陳)!”

강진혁의 말이 끝남과 동시에 매화검수의 수장이 포효하듯 지시를 내렸다. 그러자 스물네 개의 검이 벼락같이 뽑혀져 나오며 하나같이 예리한 기세를 뿜어냈다. 검이 뽑혀지는 것을 시작으로 화산파가 자랑하는 매화검진(梅花劍陳)이 펼쳐진 것이었다. 한데 이상한 점이 있었다. 분명 혼마군과 싸우기 위해서 매화검진을 펼쳤을 터인데 매화검수들은 모두 눈을 감고 있었다.

“매혼마안공에 걸리지 않기 위해서인가. 그런데 보지 않고 어떻게 싸울 작정이지?”

파파파팟!

혼마군이 하나같이 눈을 감고 있는 매화검수들을 향해 물었다. 그러나 들려오는 대답은 없었다. 대신 매서운 검세가 노도처럼 혼마군의 전신을 향해 쏟아졌다.

퍼퍼퍼퍽!

스물네 개의 검이 일으키는 검세는 그저 보는 것만으로도 기가 질릴 정도로 대단했다. 하나하나의 기운은 보잘것없었으나 모두가 합쳐진 기운은 혼마군도 감히 경시하지 못할 정도였다. 때문에 혼마군은 온몸을 짓누르는 압박감을 진기를 이용해 튕겨내면서 몸을 움직였다. 그러자 그가 피해낸 자리에 수십 개의 검기 다발이 쏟아졌다.

"우아아아!"

"죽여라! 죄다 죽여 버려!"

"천의맹을 집어삼키는 거다! 모두 쓸어버려!"

매화검진이 펼쳐진 것과 동시에 수많은 마인이 파도처럼 성벽을 향해 달려들었다. 진정한 전쟁의 시작이었다. 그리고 그들의 선두에는 혼마군을 제외한 나머지 칠마군들이 있었다.

"우리들이 나서야 할 차례로군."

"갑시다!"

천마신교가 자랑하는 무단(武團)인 흑호대(黑虎隊), 묵전대(墨電隊), 무영대(無影隊)가 칠마군들과 함께 진격해 오는 모습에 호법원의 원로들이 각자의 애병을 거머쥐고서 나섰다. 칠마군들이 나선 만큼 그들 역시 나서려 하는 것이었다. 그리고 그 뒤로 황룡전단(黃龍戰團), 맹호전단(猛虎戰團), 봉황전단(鳳凰戰團),

백학전단(白鶴戰團), 흑표전단(黑豹戰團)과 외맹의 칠당이 따랐다. 천마신교가 전력을 다하는 것처럼 천의맹 역시 총력을 다하는 것이었다.

까가가강!

쩌엉! 쩌저적!

그 결과 사방팔방에서 치열한 격전이 벌어졌다. 천의맹과 천마신교가 드디어 전면전을 벌이는 것이었다. 하나 섭천화와 반호성은 아직 움직이지 않고 있었다. 그리고 강진혁 역시도.

"언제 움직일까?"

"아마 곧 움직일 것 같은데."

아직도 사인교에 앉아 있는 섭천화를 주시하며 반호성이 물었다. 그에 강진혁이 오래 고민하지 않고 대답했다.

"너도 그렇게 생각하지?"

"응. 수적 우세에도 불구하고 승기를 잡지 못하고 있으니까. 아마 조급증을 느끼고 있을 거다."

강진혁의 시선이 섭천화에게 향했다. 그러나 그와 눈을 마주할 수는 없었다. 왜냐하면 섭천화의 시선은 시종일관 옆에 있는 반호성에게 향해 있었기 때문이다.

"천마신교주의 무위는 어때?"

"강해."

“어느 정도로?”

“마종보다는 약해.”

“푸훗!”

반호성이 저도 모르게 웃음을 터뜨렸다. 너무나 간단명료한 강진혁의 대답에 순간적으로 웃음이 터져 나왔던 것이다. 하지만 강진혁으로서는 최대한 자세히 설명한 것이었다. 이렇게 말고는 딱히 설명하기가 어려웠으므로.

스윽.

한데 그 순간 섭천화가 사인교에서 몸을 일으켰다. 마치 강진혁의 말을 들은 것처럼 말이다. 그래서 반호성이 눈을 살짝 크게 떴다.

“설마 들었나?”

“집중하고 있었으면 들었겠지. 하지만 들은 눈치는 아닌데?”

강진혁이 들어도 상관없다는 투로 말했다. 그리고 그건 진심이었다. 그의 입장에서는 사실만을 말한 것이었기에 찝찝할 것도 없었다. 때문에 강진혁은 아무렇지도 않은 얼굴로 섭천화를 바라봤다.

저벅저벅.

사인교에서 내려온 섭천화가 발걸음을 옮겼다. 그러자 그의 앞에 있던 마인들이 좌우로 쫙 갈라졌다. 그가 천의맹의 정문으로 편히 갈 수 있게 길을 열어준 것이었다. 그러나 그 과정이 끝까지 순탄하지만은 않았다. 마인들이야 그들의 지존이기에 비켜주었지만 천의맹의 무인들은 적이었기에 순순히 비켜주지 않았던 것이다.

스스슷!

하나 복잡했던 길은 단숨에 정리가 되었다. 섭천화가 움직이자 그림자처럼 따라붙었던 열두 명의 마인이 앞을 가로막은 백도의 무인들을 무참히 도륙했던 것이다.

"가시지요, 지존."

길을 열었던 진마수호대의 대주가 극경한 태도로 부복하며 입을 열었다. 그에 섭천화가 미약하게 고개를 끄덕인 후 피로 점철된 길을 걸어갔다. 이윽고 섭천화의 신형이 혼마군과 매화검수가 격전을 벌이는 천의맹 총단의 정문 앞에 멈춰섰다.

"이제야 만나게 되었군, 천의맹주. 아니, 검천(劍天)."

第七十九章
대면(對面)

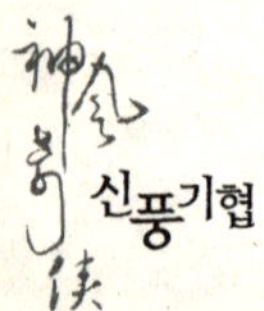
신풍기협

섭천화가 강렬한 눈빛으로 반호성을 바라봤다. 그러나 정
작 그의 시선을 받은 반호성은 별다른 표정을 짓지 않았다.
그저 담담한 표정으로 섭전화를 내려다봤다.

"그렇군요."

"슬슬 시작해야 하지 않겠나? 무대가 마련되어졌는데."

섭천화는 마치 아랫사람을 대하는 투로 반호성에게 말했
다. 자신의 연배가 높은 만큼 반호성을 편하게 대한 것이었
다. 그리고 그것은 곧 반호성이 자신보다 아래라고 은연중에
표현하는 것이기도 했다. 하지만 반호성은 그러한 사실을 모

두 알고 있으면서도 지적하지 않았다. 어차피 승부는 말이 아닌, 스스로의 무력으로 갈라지게 될 것이기 때문이다.

"안 그래도 기다리고 있던 참이었습니다."

"후후. 자신이 있나 보군."

"그 말은 제가 하고 싶은 말입니다."

투욱.

반호성이 가볍게 대꾸하며 땅을 박찼다. 그러자 그의 신형이 느릿하게 떨어지며 섭천화의 앞에 내려섰다.

"자신만만하군."

"마종도 아닌 당신을 두려워해야 할 이유는 없으니까요."

흠칫!

여유롭던 섭천화의 표정이 딱딱하게 경직되었다. 마종에 비하면 아무것도 아니라는 듯한 반호성의 말이 그의 심기를 불편하게 만들었던 것이다. 그리고 그것은 곧 그의 뒤에 시립해 있던 진마수호대를 분노케 만들었다.

우우우웅!

섭천화가 누구보다 마종을 싫어한다는 사실을 잘 알고 있었기에 진마수호대는 반호성을 향해 진득한 살기를 뿌려댔다. 그뿐만 아니라 죽일 듯한 기세로 그를 노려봤다.

"그만해라."

"알겠습니다."

하지만 그러한 살기도 섭천화의 한마디에 거짓말처럼 사라졌다. 하늘 같은 섭천화의 명령에 즉시 따른 것이었다.

"한 가지 묻지."

"물어보시죠."

"본좌가 마종보다 아래라고 생각하나?"

"그럼 반대로 물어보죠. 당신은 마종보다 강하다고 생각합니까?"

반호성이 반문했다. 내심 궁금해했던 부분이기에 이 기회에 물어본 것이었다. 한데 의외로 섭천화의 대답은 시원스럽게 나왔다.

"그렇다."

"진심으로 그렇게 생각하고 있군요."

"엄연한 사실이니까."

"제가 알기로 직접적으로 겨룬 적은 없는 것으로 알고 있습니다만."

반호성이 눈을 빛냈다. 잘하면 세간에 알려지지 않은 사실을 운 좋게 들을 수도 있을 것 같아서였다. 한데 그러한 그의 바람은 이루어지지 않았다.

"맞다. 하지만 본좌가 마종을 뛰어넘은 것은 확실하다. 왜냐하면 가장 가까이에서 그를 보아왔으니까."

"당신이 본 게 전부가 아닐 텐데요."

"그를 마치 잘 아는 투로 말하는군."

섭천화가 기분 나쁘다는 표정을 지었다. 한 번도 만나본 적이 없으면서 마치 잘 아는 듯이 말하자 기분이 상한 것이다.

"저는 만나본 적 없지만, 제 친구는 만나서 직접 겨뤄보기까지 했지요."

"천풍신룡을 말하는 건가."

섭천화의 시선이 성벽 위로 향했다. 그러자 반호성이 있던 자리 옆에 오연한 자세로 서 있는 강진혁의 모습이 눈에 들어왔다.

"그렇습니다. 그리고 진혁이는 당신과도 짧게나마 겨뤄봤었죠."

"하지만 도망쳤지."

과거 무융을 구하러 왔던 강진혁을 떠올리며 섭천화는 비릿하게 웃었다. 끝까지 승부를 내지 않고 도망쳤던 강진혁을 비웃은 것이다. 하지만 반호성은 생각이 다른 모양인지 묘한 미소를 지어 보였다.

"정말 그게 도망친 것일까요."

"그럼 승부를 내지 않고 뒤꽁무니를 뺀 것이 도망친 게 아니라는 건가?"

"의외로 단순한 면이 있군요."

"설마 일부러 물러난 것이라고 말하려는 건가."

섭천화가 어이가 없다는 듯이 말했다. 은연중에 드러난 투가 그러했기 때문이다. 한데 반호성은 그의 말에 가타부타 말이 없었다. 그저 빙그레 웃고만 있었다. 그게 섭천화는 마음에 들지 않았다.

"아무래도 직접 보여줘야 할 듯하군."

"그게 가장 확실하고 좋은 방법이긴 하지요."

"비켜라."

파파파팟!

섭천화의 일갈에 주변에서 자잘하게 격전을 치르고 있던 마인들이 썰물처럼 물러났다. 그리고 천의맹의 무인들도 마찬가지로 두 사람의 주위에서 벗어났다. 두 사람이 제대로 겨룰 수 있게 공간을 만들어준 것이었다.

"검천으로서 선수를 양보하지요."

널찍한 공간이 만들어지자 반호성이 입을 열었나. 한데 생각지도 못한 말이 그에게서 흘러나왔다.

"허허허!"

"싫은가 보군요."

"너라면 좋겠느냐."

섭천화가 모욕이라도 당한 것처럼 얼굴을 붉혔다. 그 정도로 그는 지금 분노했다. 자신이 해도 모자랄 말을 반호성이 했기 때문이었다. 하지만 그는 몰랐다. 반호성이 일부러 이렇게 나간 것임을.

"저라면 좋은 기회라고 생각할 듯한데요."

"그렇다면 본좌가 선수를 양보해 주지."

"거절하지 않겠습니다."

파아앗!

반호성의 입가에 미소가 떠오른 것과 동시에 한줄기 섬광이 허공을 갈랐다. 그리고 그것은 정확히 섭천화의 어깨를 갈랐다.

"자신과 자만은 엄연히 다르지요. 그 정도쯤은 알고 있을 거라 생각합니다."

"이노옴!"

반호성이 일부러 어깨를 스치듯이 공격했다는 사실을 알 수 있었기에 섭천화가 대노하며 우수를 뻗었다. 그러자 그의 장심에서 무지막지한 마기가 폭사되며 거대한 수강(手罡)이 반호성을 향해 뻗어 갔다.

쏴아아앙!

무시무시한 파공음을 흩뿌리며 쇄도하는 수강은 그저 보는 것만으로도 기가 질릴 정도였다. 하지만 반호성은 그러한 수강을 정면으로 보고 있으면서도 웃었다.

"자, 한번 붙어볼까."

후우우웅!

반호성이 진기를 끌어올렸다. 그러자 그의 전신에서 은은한 기파가 흘러나오더니 주변의 기운과 동조하기 시작했다.

스슥!

그와 동시에 반호성의 신형이 귀신처럼 사라졌다. 섭천화가 날린 수강이 몸에 닿기 직전 그가 사라진 것이었다.

"소용없는 짓이다."

하나 섭천화는 갑자기 반호성이 사라졌어도 당황하지 않았다. 예민한 그의 기감에는 반호성의 움직임이 선명하게 잡혔기 때문이다. 그래서 그는 수강을 움직여 반호성을 쫓았다.

"흐음. 집요하군요."

귀신같은 경신술을 펼쳐 수강의 영향권에서 벗어났던 반호성은 다시금 쫓아오는 섭천화의 공격에 살짝 놀란 표정을 지었다. 그러나 어디에서도 당황한 기색은 보이지 않았다.

"네놈을 죽이기 전까지는 사라지지 않을 거다."

"그럴 일은 없습니디."

쩌어엉!

수강이 한순간 멈칫거렸다. 반호성이 날린 장력에 허공에서 크게 흔들린 것이었다. 하지만 변화는 거기서 멈추지 않았다. 반호성이 날린 칠채(七彩)의 기운은 섭천화의 천마수(天魔手)를 가볍게 짓이겨 버렸다.

"그래도 검천이라 이건가."

"검을 뽑으시는 게 좋을 겁니다. 한순간에 비명횡사하고 싶지 않으면."

반호성이 진지한 표정으로 경고했다. 지금이라도 검을 뽑지 않으면 죽을 거라는 섬뜩한 경고였다. 그에 섭천화가 비릿한 표정을 지으며 쌍수를 내질렀다.

"하나는 운 좋게 막았지만, 두 개는 어떨까?"

쑤아아앙!

일순 솟아난 두 개의 거대한 수강이 반호성을 집어삼킬 듯한 기세로 나아갔다. 그러나 무지막지한 기세로 쇄도하는 수강을 보는 반호성의 표정은 냉정했다.

"두 개라 해서 달라질 것은 없습니다."

쩌저저적! 쩌억!

반호성은 손가락 하나 까딱이지 않았다. 한데도 그를 향해 쇄도하던 수강은 마치 파도에 휩쓸린 모래성처럼 허망하게 바스러졌다. 그에 처음으로 섭천화의 두 눈에 놀라움이 떠올랐다. 검천의 후예이기에 강할 것이라 생각은 했지만 이건 예상 밖이었다. 때문에 섭천화는 더 이상 공격하지 않고 반호성을 바라만 보았다.

"놀랍군. 아무리 이 할도 안 되는 공력으로 펼친 공격이라 하나 이렇게 쉽게 막아낼 줄이야."

"이 정도도 못 막으면 검천이라는 이름은 내려놓아야지요."

"후후! 좋아. 그럼 네 말마따나 제대로 붙어보도록 할까."

스르룽.

섭천화가 희미한 미소를 지으며 허리춤에 매어져 있던 진천마검을 뽑았다. 그러자 거북한 느낌의 마찰음과 함께 피처럼 붉은 진천마검이 모습을 드러냈다.

"부디 절 실망시키지 않았으면 좋겠습니다."

"재수없군. 본좌가 해야 할 말을 먼저 하다니."

섭천화가 마음에 들지 않는다는 표정을 지으며 말했다. 그러면서 그는 반호성을 주시했다. 자신이 검을 뽑았으니 너도 검을 뽑으라는 무언의 행동이었다.

"이번에는 선공을 양보하지요. 좀 전에는 제가 먼저 공격했으니."

"흥!"

쉬이이익!

섭천화가 코웃음을 쳤다. 한데 놀랍게도 그는 반호싱의 양보를 마다하지 않았다. 좀 전에 대수롭지 않게 여겼다가 모욕을 당했기에 그것을 설욕하기 위해 검을 휘둘렀다.

스윽!

하나 아쉽게도 그의 검극은 반호성에게 닿지 못했다. 똑같이 어깨에 상처를 남겨주려 했는데 반호성이 마치 짐작이라도 한 것처럼 피했던 것이다.

"확실히 단순하군요."

예상을 벗어나지 않는 섭천화의 공격에 반호성이 씨익 웃었다. 그러자 섭천화의 얼굴이 딱딱하게 경직되었다. 그는 반호성의 말을 비아냥으로 받아들인 것이다. 그래서 그런지 섭천화의 기세가 달라졌다.

째애액!

무시무시한 살기를 줄기줄기 내뿜으며 휘두르는 검격에 가히 태산을 짓뭉개 버릴 엄청난 힘이 담겨 있었다. 때문에 반호성은 감히 경시하지 못하고 몸을 움직여야 했다.

콰앙! 쾅!

섭천화의 검이 바닥을 가리킬 때마다 거대한 구덩이가 생겼다. 그의 검강이 닿는 즉시 거대한 폭발을 일으켰기에 땅거죽이 남아나질 않았던 것이다. 하지만 아무리 위력이 대단해도 맞지 않으면 소용이 없는 법이었다.

"요리조리 잘도 피하는구나!"

"피하는 것도 능력이지요. 피하고 싶어도 못 피하는 사람도 많으니까요."

"그럴 거면 검은 왜 뽑았지?"

"그야, 이렇게 써먹기 위해서지요."

스스슷!

반호성이 빙긋 웃으며 부드럽게 검을 내질렀다. 그런데 가볍게 찌른 것치고는 그 결과가 사뭇 대단했다. 거대한 해일과도 같은 섭천화의 검세를 너무나 가볍게 꿰뚫으며 단숨에 그의 심장까지 파고들었던 것이다.

"흡!"

생각지도 못한 광경에 섭천화가 살짝 당황하며 몸을 비틀었다. 그러면서 동시에 손목을 이용해 검도 비틀었다.

"공수를 함께라. 나쁘지 않습니다."

회피와 동시에 하반신을 쓸어오는 검강을 보며 반호성이 여명검을 슬쩍 움직였다. 그러자 처음으로 충돌이 일어나며 꿍음이 터져 나왔다.

"네 말투, 심히 마음에 들지 않는군."

한 번의 충돌로 잠시간의 소강상태에 빠지자 섭천화가 눈썹을 찡그리며 입을 열었다. 마치 아랫사람을 품평하듯 말하는 게 그의 심기에 심히 거슬렸던 것이다.

"거슬려도 어쩔 수 없습니다. 이게 사실이니까요."

"무엇이 말이지?"

"당신과 저의 격차가 말이지요."

"시건방이 하늘을 찌르는구나!"

쿠아아앙!

섭천화의 전신에서 막대한 마기가 폭사되었다. 그리고 그것은 곧 주변의 지배로 이어졌다. 드디어 그가 본격적으로 천마신공(天魔神功)을 운용하기 시작한 것이었다.

파지지직!

하나 어마어마한 섭천화의 마기도 일정 영역 이상 뻗어 나가지 못했다. 왜냐하면 반호성의 전신에서 흘러나온 채홍(彩虹) 빛의 기운이 그의 마기를 정면으로 막아섰기 때문이었다. 그로 인해 두 사람의 기운이 부딪친 곳에서는 뇌성벽력이 흘러나왔다.

“아까도 말했지만 자신과 자만은 엄연히 다른 법입니다, 천마성.”

“마제라 불러라!”

후아아앙!

거대한 기의 폭풍과 함께 섭천화의 신형이 단숨에 공간을 건너뛰어 반호성에게 닿았다. 그야말로 전광석화와 같은 움직임이었다.

쌔애애액!

간격이 좁혀짐과 동시에 칠흑처럼 검은 검강이 매서운 기세로 쇄도해 오며 반호성의 상반신을 사선으로 갈라왔다. 그에 반호성은 진지한 표정으로 여명검을 움직였다.

까아아앙!

진천마검과 여명검이 허공에서 부딪치자 거대한 충돌음이 터져 나왔다. 하지만 둘 다 그러한 소리에는 전혀 영향을 받지 않는지 연거푸 검을 휘둘렀다.

꽈앙! 꽝! 꽈광!

벼락같이 휘둘러지는 검격에 연신 굉음이 터져 나왔다. 그리고 두 사람 주위는 점차 쑥대밭으로 변해갔다. 검강의 편린들이 땅바닥을 헤집어 놓았기에 일어난 결과였다.

"확실히 두 세력의 수장들이라 그런지 대결이 화끈하군."

"하지만 아직 둘 다 전력을 다하고 있는 것은 아닙니다."

"응? 저게 전력을 다한 게 아니라고?"

치열한 격전을 치르고 있는 반호성과 섭천화를 지켜보고 있던 곽휴가 깜짝 놀란 표정을 지으며 강진혁을 돌아봤다. 그리고 그건 옆에 있던 위지명도 마찬가지였다.

"예."

"허어."

한 치의 망설임도 없이 대답하는 강진혁의 모습에 곽휴가 씁쓸함이 가득 담긴 한숨을 내쉬었다. 지금 보여주는 부위만으로도 간담이 서늘해지는데 저게 전력을 다한 게 아니라고 하자 자괴감이 들었던 것이다.

"명이는 잘 봐둬. 보는 것만으로도 얻는 것이 적지 않을 테니까."

"알겠습니다."

"그리고 곽 문주님도 집중해서 보십시오. 어쩌면 실마리를 얻을지도 모르니까요."

"벽을 넘을 실마리 말인가?"

"그렇습니다."

강진혁의 말에 곽휴의 눈빛이 달라졌다. 안 그래도 근 몇 년간 경지가 정체되어 있던 그였다. 한데 이번 기회에 돌파구를 찾을지도 모른다고 하자 마음이 들뜨기 시작했다. 나이가 적지 않았지만 그 역시 무인이었다. 그렇기에 더 높은 경지로 갈 수 있을지도 모른다고 하자 두 눈을 부릅뜨고 반호성과 섭천화의 대결을 지켜보았다.

"한데 도와주지 않아도 괜찮을는지요."

곽휴가 숨도 쉬지 않을 정도로 집중해서 두 사람의 대결을 주시하고 있을 때 위지명이 조심스럽게 질문을 해왔다. 그에 강진혁의 시선이 위지명에게로 향했다.

"아직까지는 괜찮아. 크게 밀리지는 않고 있는 상태이니까. 게다가 다들 저 두 사람의 대결에 집중하고 있고. 아마 두 사람의 대결 결과가 이번 전쟁의 승패를 결정할 거야."

"그렇긴 합니다만 전세가 상당히 불리합니다."

"대신 천의맹 쪽에는 성벽이 있잖아. 지리적 이점이 있으니 쉽게 무너지진 않아. 게다가 정 위험하면 나설 생각이니까."

"예."

조금은 염려하는 기색으로 입을 열었던 위지명이 고개를 끄덕였다. 그런데 그의 시선이 슬며시 어느 한곳으로 향했다. 바로 위지세가의 무인들이 싸우고 있는 장소였다. 비록 반쯤 나오다시피 한 세가였지만 그래도 그의 혈육이 있는 곳이었다. 때문에 위지명은 쉽사리 그곳에서 시선을 떼지 못했다.

"가고 싶으면 가도 된다."

"아닙니다. 잘 버텨낼 겁니다. 본가는 세간이 평가하는 것만큼 약하지 않으니까요."

"그런 것 같긴 하구나."

슬쩍 위지세가 쪽을 바라본 강진혁이 고개를 주억거렸다. 다른 세가들에 비하면 그래도 나름 견고하게 진형을 유지하고 있는 듯해 보여서였다. 아마도 전쟁 준비를 착실하게 한 것 같았다.

"주군께서는 누가 이길 것 같습니까."

위지세가에 대해서 이야기를 나누는 것이 조금 겸연쩍은 모양인지 위지명이 자연스럽게 화제를 돌렸다. 그러자 강진혁의 시선도 자연스레 다시 반호성과 섭천화에게 향했다.

"네가 보기에는 누가 이길 것 같아?"

"제가 보기에는 현재 백중지세로 보입니다."

"곽 문주님은 어떻습니까?"

강진혁은 정말 두 눈이 튀어나올 정도로 뚫어져라 두 사람의 대결을 바라보는 곽휴에게도 물었다. 그러자 곽휴가 시선을 떼지 않고서 대답했다.

"내가 보기에도 딱히 누가 우세해 보이지는 않는군. 하지만 회주는 당연히 천의맹주가 이길 거라 생각하고 있겠지?"

"전 두 사람 모두와 겨뤄봤으니까요."

"하긴 그렇기도 하겠군."

다른 사람도 아니고 직접 겨뤄본 강진혁의 말이니만큼 신빙성은 충분했다. 그리고 개인적으로도 그는 반호성이 이겼으면 하는 마음이 있었다. 섭천화 같이 야망으로 가득 찬 자가 이겨봤자 좋을 것은 없었기 때문이다.

"지금은 그저 확인하는 단계에 불과합니다. 진정한 무위를 드러낼 때의 호성이는 강합니다. 제가 두려움을 느낄 정도로 말이지요."

"그 정도나 되나?"

"예. 호성이도 엄연히 삼신(三神)의 후예이니까요."

곽휴가 믿어지지 않는다는 어조로 반문하자 강진혁이 싱긋 웃으며 대꾸했다. 섭천화가 천하를 논할 정도로 강자이기는 하나 그렇다고 반호성에 견줄 정도는 아니었다. 때문에 그는 반호성의 승리를 확신했다. 그것도 어설픈 승리가 아닌, 확실한 승리를.

콰아아앙!

강진혁의 말이 끝마친 순간 엄청난 굉음이 터져 나왔다. 그리고 묵직한 충격파가 해일처럼 사방팔방을 휩쓸었다. 그런데 충격파가 얼마나 대단한지 멀찍이 떨어져 있던 마인들과 천의맹의 무인들이 중심을 잡지 못하고 이리저리 흔들렸다.

"슬슬 호성이가 움직이네요."

후우우웅!

거대한 폭발로 인해 일어났던 먼지 구름이 한순간에 사라졌다. 반호성의 가벼운 손짓에 묵직한 먼지 구름이 한순간에 걷힌 것이었다.

스슥!

먼지 구름이 흩어진 것과 동시에 반호성이 몸을 날렸다. 지금까지 섭천화의 공격에 소극적으로 대응하기만 했던 그가 처음으로 먼저 달려든 것이다.

째애애액!

순식간에 간격을 좁힌 반호성은 조금의 망설임도 없이 검을 휘둘렀다. 그러자 태산을 가를 듯한 무지막지한 검강이 솟구치며 섭천화의 미간을 노렸다.

콰아앙!

묵직하다 못해 엄청난 검격에 섭천화는 맞받아치는 것보다는 피하는 게 낫다고 여긴 것인지 정말 간발의 차이로 반호성의 공격을 피해냈다. 그러자 그가 서 있던 자리를 중심으로 대지가 갈라졌다. 워낙에 엄청난 검강이었기에 마치 땅이 갈라진 듯한 흔적이 남은 것이었다. 하지만 반호성의 공격은 이게 끝이 아니었다.

쉬이익!

한 번의 공격이 끝나기 무섭게 두 번째 검격이 뒤따라 펼쳐졌다. 그것도 거의 같은 호흡에 말이다. 그래서 섭천화는 두 다리를 연신 놀리며 반호성이 일으킨 검세에서 빠져나오려 애썼다.

반호성의 검세에 한 번 갇히면 승기를 내어줄 수밖에 없었기에 우선은 자신의 간격을 찾기 위해서였다. 그런데 반호성은 노련하게도 그럴 틈을 주지 않았다.

콰콰콰쾅!

섭천화의 주위로 폭우처럼 검강들이 쏟아졌다. 그것도 집채만 한 바위조차 순식간에 먼지로 만들어 버릴 정도의 위력이 담긴 검강들이. 그에 섭천화가 입술을 깨물었다. 한순간에 열세에 몰리자 자존심이 상한 것이었다.

"하아앗!"

반호성의 검세에 갇히지는 않았지만 대신 수세에 몰린 섭천화가 두 눈을 부릅뜨며 포효했다. 그러자 그의 전신에서 막대한 마기가 폭출하며 등 뒤에서 거대한 날개가 솟구쳤다. 반호성과 마찬가지로 그 역시 본격적으로 힘을 드러낸 것이다.

카카카카캉!

검은 날개는 솟아나자마자 쏟아지는 반호성의 검강들을 모조리 튕겨냈다. 무지막지한 힘이 담긴 검강들을 검은 날개는 어렵지 않게 받아낸 것이다. 그리고 그 기세를 몰아 주변을 압박하기 시작했다.

"이제부터가 진짜 시작이군요."

"그렇다. 그리고 네 죽음의 서막이지."

"아까 전에도 말했지만, 자만하지 마시죠. 천마신공이 대단하기는 하나, 그에 준하는 무공들이 중원에 없는 것은 아니니까요. 그리고 천마신공보다 뛰어난 신공은 무려 세 개나 존재하지요."

"그런 무공은 없다! 오직 천마신공만이 최고다!"

천마신공의 대단함을 인정하면서도 은연중에 폄하하는 반호성의 발언에 섭천화가 크게 격노하며 검은 날개를 움직였다. 그러자 엄청난 마기의 폭풍이 일어나며 주변을 휩쓸었다.

카카카카캉!

무지막지한 기운으로 주변을 짓누르는 섭천화의 마기에 반호성의 전신에 무지갯빛 호신강기가 자연스레 솟아나 그의 몸을 감쌌다.

"그건 곧 판가름이 날 것입니다. 아마도 몸으로 처절하게 느낄 수 있을 테지요."

섭천화가 천마신공의 기운을 극성으로 일으켰지만, 반호성은 크게 당황하지 않았다. 이 정도로는 그를 긴장하게 만들지 못했기 때문이다.

"그 시건방진 입을 다물게 해주지."

"불가능할 겁니다."

쩌어어엉!

검은 날개가 채찍처럼 휘어지며 반호성의 호신강기를 때렸다. 그러자 마치 천둥이 치는 듯한 충돌음이 울려 퍼졌다. 하지만 터져 나온 굉음에 비해 반호성의 피해는 미미했다. 섭천화의 막강한 마기에도 잔금 하나 가지 않았던 것이다.

"흐읍!"

그 사실이 마음에 들지 않는지 섭천화는 두 눈을 번뜩이며 재차 검을 휘둘렀다. 그러자 전까지와 확연히 다른 엄청난 기운이 검극에 집중되며 반호성에게 쏘아졌다.

쑤아아앙!

창졸간에 생성된 강환은 섬전처럼 반호성의 심장을 향해 나아갔다. 단숨에 호신강기를 꿰뚫고 심장에 박혀 버릴 기세였다. 하지만 그러한 일은 벌어지지 않았다.

까아앙!

강환이 호신강기에 닿기도 전에 반호성이 여명검을 휘둘러 막아냈던 것이다. 그러나 섭천화의 공격은 이게 다가 아니었다.

스슥!

강환이 막혀 소멸되기 무섭게 섭천화의 진천마검이 소리도 없이 파고들어 반호성의 목을 노렸다. 그것도 호신강기를 무참히 갈라 버리면서 말이다.

"호오."

그 모습에 반호성이 살짝 당황한 표정을 지었다. 이 정도로 쉽게 자신의 호신강기를 가를 줄은 몰랐기에 놀란 것이었다. 한데 놀란 표정과는 달리 그의 대응은 상당히 신속했다. 조금도 당황하지 않은 것처럼.

콰앙! 쾅! 콰쾅!

이윽고 난타전이 벌어졌다. 탐색전을 끝내고 드디어 전면전에 돌입한 것이다. 그 결과 두 사람을 중심으로 반경 백 장 이내는 초토화가 돼버렸다. 둘 다 공력을 극성으로 일으켜서 맞붙으니 그야말로 경천동지할 모습을 보여주었던 것이다. 때문에 두 사람의 대결을 제대로 볼 수 있는 사람은 몇 없었다. 워낙에 빠르게 움직이고 공수가 전환되었기에 경지가 낮은 이는 보고 싶어도 볼 수가 없었던 것이다.

"이것이 전부라면 조금 지루한데요."

쩌저저적!

벼락같은 섭천화의 일검을 가볍게 팅겨내며 반호성이 반

격을 날렸다. 그러자 여명검의 검극이 그리는 궤적과 닿은 대지가 마치 지진이라도 난 것처럼 갈라졌다.

"지금까지는 몸풀기에 불과할 뿐이다. 진짜는 이제부터다."

"기대가 되는군요."

쑤아아아앙!

반호성의 말이 끝나기 무섭게 거대한 검강이 하늘 높이 솟아났다. 그리고는 그대로 반호성을 향해 내리찍었다.

"이런 공격은 이미 지겨울 정도로 겪어봤습니다만."

묵직한 중압감을 뿌리며 쇄도하는 거대한 검강을 바라보며 반호성이 말했다. 하지만 실망스러운 기색이 가득한 그의 말에도 섭천화는 오히려 미소를 지었다.

"과연 그럴까?"

섭천화의 입꼬리가 절정에 달했을 때, 생각지도 못한 변화가 일어났다. 무거운 기세로 떨어지던 거대한 검강에 일순 수 없이 많은 균열이 일어났던 것이다.

쩌적! 쩌저적!

순식간에 일어난 균열로 인해 거대한 검강은 산산조각 났다. 그런데 이상하게도 검강의 편린들은 소멸하지 않았다. 어떤 이유에서건 일단 균열이 일어나면 허공에서 자연스레 소멸하는 게 강기인데 말이다. 그래서 의아하게 검강의 편린들을 바라보고 있는데 뜻밖의 상황이 펼쳐졌다.

터터터텅!

산산조각 난 검강의 편린들이 마치 우박처럼 그의 호신강기를 쉴 새 없이 두들겼던 것이다. 게다가 위력이 강기의 편린이라고 보기 어려울 정도로 엄청났다. 견고하기 짝이 없는 그의 호신강기가 크게 흔들릴 정도로 말이다.

"이걸 노렸나."

앞이 보이지 않을 정도로 쉼 없이 두들기는 공세에 반호성이 살짝 긴장한 어조로 중얼거렸다. 갑자기 시야가 가려지자 그조차도 약간은 평정심이 흔들린 것이었다. 그런데 그 순간 섬뜩한 기운이 느껴졌다.

쩌어억!

크게 흔들리기는 하지만 그래도 거의 완벽히 검강의 편린들을 막아냈던 호신강기가 일순 찢어졌다. 그리고 그 사이로 섬뜩한 기운을 가득 머금은 핏빛 검 한 자루가 예리하게 파고들었다.

"흡!"

전혀 예상치 못한 상황에 반호성은 반 박자 늦게 반응했고, 그 결과 그는 처음으로 상처를 입었다.

"호신강기를 너무 과신하면 안 되지. 후후!"

반호성의 무지갯빛 호신강기를 단숨에 찢어버린 섭천화가

그의 어깨에 난 검상을 바라보며 씨익 웃었다. 처음으로 입힌 상처에 흡족한 기색이었다.

"아무래도 제가 방심을 한 것 같군요."

"방심이 아니라, 본좌의 실력이다. 말은 똑바로 하도록, 검천."

"하긴 상대의 방심을 유발하는 것도 실력이긴 하죠."

"운이 아니란 걸 증명해 주도록 하지."

파라락!

섭천화를 감싸 안은 듯이 자리 잡고 있던 검은 날개가 활짝 펼쳐지며 반호성에게 쇄도했다. 그런데 그 속도가 가히 전광석화와 같았다.

"음!"

섬전처럼 파고드는 한 쌍의 날개는 마치 채찍처럼 기기묘묘한 궤적을 그리며 반호성의 전신 사혈을 노렸다. 끈질기고 집요하게 접근하여 물고 늘어졌던 것이다. 그에 반호성이 연신 보신경을 펼쳤다.

"처음과는 달리 표정이 굳었군."

스으윽!

섭천화가 비릿한 미소를 지었다. 처음과는 많이 다른 표정의 반호성을 보니 기분이 절로 좋아졌던 것이다. 그리고 스스로 내렸던 판단이 맞았다는 생각이 들었다. 삼신의 후예라 해서 크게 다를 게 없다는 예상이 적중했던 것이다.

"많이 즐거운 모양이군요."

"티가 나는 모양이군."

"그럴 수밖에요. 당신은 매우 단순한 성격이니까."

"뭐?"

말을 하면서도 공세를 결코 늦추지 않았던 섭천화가 일순 당혹스러운 표정을 지었다. 왜냐하면 방금 전까지만 해도 자신의 공격에 방어하기 급급했던 반호성의 표정에 여유가 묻어 나와서였다.

"아마도 당신은 검천이라고 해서 별다를 게 없을 거라 생각하고 있겠죠."

"…어떻게 알았지?"

자신의 내심을 정확히 짚어낸 반호성의 말에 섭천화가 얼굴을 굳히며 물었다. 그러자 반호성이 기분 나쁜 미소를 지어 보였다.

"그야 얼굴에 그대로 드러나니까요. 한데 이거 미안하게 됐군요. 더 이상은 당신의 장단에 놀아줄 수 없어서."

그그그극!

지금까지 반호성을 집요하게 밀어붙였던 한 쌍의 검은 날개가 속절없이 밀려났다. 갑작스럽게 솟아난 반호성의 호신강기에 힘없이 밀린 것이었다. 하지만 놀라운 일은 여기서 그치지 않았다.

우우우웅!

여명검이 검명을 토해내자 지금까지와는 완전히 다른 기운이 휘몰아쳤다. 동시에 묵직한 기세가 사방팔방으로 은은히 번지며 주위를 지배해 가기 시작했다.

"지금부터 보여주도록 하죠. 검천이란 이름이 지닌 무게와 힘을."

쌔애액!

나지막한 말이 끝나기 무섭게 한줄기 섬광이 허공을 꿰뚫었다. 그러자 섭천화가 화들짝 놀라며 신형을 뒤로 물렸다. 번뜩인 섬광을 본 순간 왠지 모를 위화감이 들었기에 반사적으로 몸을 움직인 것이었다. 하지만 그럼에도 불구하고 섭천화는 얼굴에 화끈함을 느꼈다.

"이놈……!"

섭천화의 두 눈에 노기가 서렸다. 왜냐하면 그의 말끔한 얼굴에 두 치나 되는 상처가 생겼기 때문이다. 그것도 이마를 좌우로 가로지르는 검상에 섭천화는 소매로 이마를 훔치며 반호성을 죽일 듯이 노려봤다.

"저를 바라볼 시간이 없을 텐데요."

스하앗!

반호성이 싱긋 웃었다. 그러나 섭천화는 반호성의 재수 없는 미소를 보고도 입을 열 수 없었다. 그가 웃는 것과 동시에 전후좌우에서 예리한 기운이 느껴졌기 때문이다. 그것도 간단히 여길 수 없는 수준이었기에 섭천화는 땅을 박차면서 진천마검을 거칠게 휘둘렀다.

쩌저저저적!

진천마검에서 솟구친 칠흑처럼 검은 검강이 무언가와 부딪치는 충돌음이 들려왔다. 동시에 귀가 먹먹해지는 굉음이 터졌다. 하지만 섭천화는 엄청난 폭발음보다도 다른 게 신경 쓰였다.

'이게 어떻게 된 거지.'

섭천화의 시선이 자신의 오른손으로 향했다. 정확히는 얼얼함으로 인해 미세하게 떨리는 본인의 오른손에.

'어째서 이렇게 강해진 거지?'

폭발로 인해 주변에는 먼지 구름이 가득했다. 하지만 고작 그런 걸로는 그의 시야를 가릴 수 없었다. 때문에 섭천화는 딱딱하게 굳은 얼굴로 먼지 구름 너머에 여유롭게 서 있는 반호성을 바라봤다.

'설마 이게 진짜 검천의 힘이란 말인가? 그럴 리 없다! 검천이라고 해봐야 마종과 별반 다를 게 없다!'

복잡한 심사를 털어내려는 듯 섭천화가 강하게 머리를 흔들었다. 그리고 끊임없이 솟구치는 의문을 가라앉혔다.

"머리가 많이 복잡한 것 같군요."

"흥!"

이번에도 역시나 내심을 정확히 읽어내는 듯한 반호성의 말에 섭천화가 눈을 빛내며 땅을 박찼다. 그러자 그의 신형이 순식간에 반호성의 지척까지 다가갔다. 하나 이번에는 결과가 사뭇 달랐다.

터엉!

반호성이 너무나 쉽게 그의 일격을 막아냈던 것이다. 그것도 힘든 기색 하나 없이 말이다.

"전력을 다해야 할 겁니다. 천마(天魔)의 후예로서 부끄러운 모습을 보여주고 싶지 않다면 말이지요."

퍼억!

반호성은 멀찍이서 구경하듯 서 있는 천마신교의 마인들을 힐끗 바라보며 말했다. 하지만 섭천화는 그런 그의 시선을 느낄 새가 없었다. 왜냐하면 생각지도 못한 순간에 반호성의 무릎 차기가 그의 복부를 강타했기 때문이었다.

"크윽!"

신음이 절로 흘러나오는 고통에 섭천화가 눈을 부릅뜨며 좌장을 뻗었다. 일격을 맞은 만큼 반호성에게도 그 고통을 고스란히 주기 위해서였다. 한데 반호성은 마치 짐작이라도 한 것처럼 뒤로 일 보 물러나는 것으로 섭천화의 공격을 피해냈다. 그리고는 물 흐르듯이 자연스럽게 검을 내질렀다.

쩌어엉!

한데 반호성이 검을 찌른 위치가 사뭇 의미심장했다. 그는 섭천화의 심장이나 머리를 노릴 수 있는 상황에도 불구하고 진천마검을 노렸다.

"이번 한 번은 봐주도록 하지요. 대결이 너무 빨리 끝나면 지켜보는 사람들도 싱거울 테니."

"까드드득!"

섭천화의 두 눈에서 살광(殺光)이 폭사되었다. 마치 하수를 대하는 듯한 반호성의 태도에 격노한 것이었다. 그리고 그 분노는 자연스럽게 살기로 변환되어 무시무시한 기세를 뿌렸다.

"좋은 기세입니다."

"죽여주겠다. 네놈을 갈가리 찢어발겨 주마!"

스산한 안광을 발하며 섭천화가 달려들었다. 그런데 그가 휘두르는 진천마검이 지금까지와는 사뭇 다른 궤적을 그렸다. 그뿐만 아니라 검 안에 담긴 기운도 완전히 달라졌다.

"이제야 천마삼검(天魔三劍)을 꺼내 들었군요."

쉬이이익!

맹렬한 파공음을 터뜨리며 무시무시한 기세로 쇄도하는 진천마검을 바라보며 반호성이 중얼거렸다. 그러나 기대하

는 말투와는 다르게 그의 눈빛은 그 어느 때보다 깊게 가라앉
아 있었다.

스으윽.

천지(天地)를 모조리 짓뭉개 버릴 듯한 가공할 기운을 온몸
으로 느끼며 반호성이 자세를 낮추었다. 그러면서 여명검을
대지와 수평이 되게 눕혔다. 그러자 그의 몸을 중심으로 기이
한 기류가 흐르기 시작했다. 모든 것을 짓누르는 천마삼검의
압박감이 반호성의 주변에서는 커다란 힘을 발휘하지 못했던
것이다. 하지만 섭천화는 그러한 사실을 모르는 듯 천마삼검
의 첫 번째 초식을 펼쳤다.

"차하합!"

강렬한 기합성과 함께 진천마검의 검극에서 한줄기 핏빛
섬광이 폭사했다. 그런데 검극에서 시작된 한 점의 섬광은 앞
으로 나아갈수록 커지더니 이내 세상을 뒤덮을 정도로 거대
해졌다. 그러더니 단숨에 반호성의 신형을 집어삼켰다.

꽈과과광!

창졸간에 반호성을 집어삼킨 거대한 섬광은 곧바로 엄청
난 폭발을 일으켰다. 그 결과 지진이라도 난 것처럼 대지가
크게 흔들렸다.

"끝났군."

섭천화는 하늘 높이 솟구치는 거대한 먼지 구름을 바라보

며 승자의 미소를 지었다. 제아무리 검천이라도 이 정도 폭발 속에서 목숨을 부지하기란 요원할 것이기 때문이다. 게다가 이번 공격은 그가 전력을 다해 펼친 것이니만큼 반호성이 멀쩡히 살아 있을 가능성은 전무했다.

"그 무슨 섭섭한 소리를."

"……!"

섭천화가 두 눈을 부릅떴다. 짙은 먼지 구름 사이에서 들려오는 익숙한 음성에 깜짝 놀란 것이었다. 더욱이 평온하기까지 한 그 음성에 섭천화는 믿을 수 없다는 표정을 지었다.

"끝이라니요. 이제부터가 진짜 검천 대 천마의 대결인데."

웅웅웅웅!

하늘 높이 솟구쳤던 먼지 구름이 가라앉으며 폭발이 일어났던 장소의 전경이 서서히 드러났다. 그러자 가장 먼저 거대한 구덩이가 눈에 들어왔다. 방원이 족히 삼백 장은 될 법한 엄청난 구덩이가. 그리고 그 중심에 반호성이 있었다. 무지개를 닮은 듯한 칠채(七彩)의 호신강기 속에.

"분명 극섬일전류(極閃一電流)가 제대로 들어갔는데."

"공격은 강력했습니다. 위력을 눈으로 볼 수 있을 정도로. 다만 제 기운이 좀 더 강하고 견고했을 뿐입니다."

"그렇다면 더욱 강력한 공격으로 부수면 되겠군."

"그렇지요."

단순하지만 가장 확실한 진리에 반호성이 고개를 끄덕였다. 세상은 복잡한 것 같지만 어떻게 보면 또 이렇게 단순할 수가 없는 게 세상이었다. 때문에 반호성은 여유로운 미소를 지으며 수평으로 눕혀놓았던 검을 천천히 움직였다.

우우우웅!

단순히 검을 앞으로 미는 것뿐이었는데 주변의 기운이 일변했다. 마치 그를 두려워하는 듯이 대기가 떨리기 시작했던 것이다. 그것을 섭천화 역시 감지한 것인지 두 눈을 빛내며 진천마검을 움직였다.

"이번에야말로 죽여주마, 검천!"

"조심해야 할 사람은 제가 아니라 당신입니다. 왜냐하면 지금부터는 무상검법(無上劍法)을 펼칠 것이니까요."

말을 마침과 동시에 반호성의 전신에서 기운이 폭발적으로 증가했다. 그러더니 가공할 검세가 구름처럼 일어났다. 아직 제대로 검을 움직이지도 않았는데 말이다.

"훙!"

하나 그 모든 것을 가장 가까이에서 보고 있음에도 섭천화는 콧방귀를 뀌었다. 아무리 반호성이 대단한 검초를 펼친다 하더라도 그는 승리할 자신이 있었기 때문이다. 그렇기에 섭천화는 크게 흔들린 기색 없이 천마삼검의 두 번째 초식, 만마혈천하(萬魔血天下)를 펼쳤다.

파파파파팟!

진천마검이 휘둘러짐과 동시에 검신에서 수백, 수천 개의 검세가 일어나 세상을 집어삼켰다. 좀 전의 섬광이 오직 반호성 하나만을 노렸다면, 지금의 검강은 세상 자체를 삼키고 파괴해 버릴 것 같았다.

쑤아아앙!

하나하나에 무지막지한 기운이 담긴, 오직 파멸의 힘만이 담긴 검강이 순식간에 반호성의 지척까지 다다랐다. 그러나 반호성은 위험천만한 상황에 처해 있으면서도 전혀 흔들린 모습을 보여주지 않았다. 아니, 오히려 지극히 평온한 표정으로 서 있었다.

"일검(一劍)."

스윽.

천마(天魔)의 힘이자 파멸의 힘이 고스란히 담긴 검강들을 바라보며 반호성이 느릿하게 여명검을 앞으로 내질렀다. 그런데 그 간단한 행동이 불러일으킨 결과는 상상을 초월했다.

쩌저저저적!

무지막지한 기세로 반호성에게 쇄도하던 검강들이 종잇장처럼 찢어졌다. 그것도 너무나 손쉽게 말이다.

"어, 어찌……!"

그 광경이 얼마나 충격적이었는지 섭천화가 그답지 않게

얼굴 가득 당혹스러운 표정을 지으며 말을 더듬었다. 두 눈으로 보고도 믿기지 않은 광경에 얼이 빠진 것이었다. 하지만 충격을 받은 그와는 다르게 반호성은 너무나 당연한 결과라는 듯이 검을 늘어뜨렸다.

"왜 그런지는 본인이 더 잘 알고 있을 것입니다."

"믿을 수 없다!"

파아앗!

섭천화가 두 눈을 번뜩이며 재차 달려들었다. 그런 그의 전신에서는 지금까지와는 비교도 할 수 없는 어마어마한 마기가 뿜어져 나오고 있었다. 더불어 그를 감싸듯이 펼쳐져 있는 검은 날개 역시도 두 배 이상 커져 있었다.

쩌어엉!

하나 폭발적인 공력의 증가에도 불구하고 결과는 섭천화의 패퇴였다. 달려든 속도 그 이상으로 그는 튕겨져 나왔던 것이다. 그뿐만 아니라 격돌한 순간 엄청난 충격을 받았는지 안색이 해쓱하게 변해 있었다.

"천마의 무공은 분명 대단합니다. 단순히 마공이라 폄하할 수 없을 정도로 말이지요. 하지만 그뿐입니다. 천마의 무공으로 삼신(三神)을 뛰어넘을 수는 없습니다."

"뛰어넘을 수 있다!"

"여전히 인정하지 못하는 모양이군요."

반호성이 어깨를 으쓱거렸다. 강진혁에게 듣던 대로 아집에 꽉 막혀 있는 섭천화의 모습이 답답해서였다. 그러나 그는 곧 인정할 수밖에 없게 될 터였다. 왜냐하면 그가 그렇게 만들 것이기 때문에.

"뭐, 아직 대결은 끝나지 않았으니까."

파아앗!

잠깐 사이에 호흡을 가다듬은 섭천화가 다시금 달려들었다. 그런데 이번은 좀 전과는 달리 상당히 신중한 모습을 보였다. 단순히 힘만으로는 반호성을 쓰러뜨릴 수 없다는 걸 깨달았기에 지금까지와는 다른 방식으로 접근한 것이다. 하지만 그럼에도 불구하고 결과는 크게 달라지지 않았다.

까앙! 깡!

먼저 공격한 것은 그였으나 튕겨져 나온 것도 그였다. 다른 방식으로, 좀 더 세밀하고 정교하면서도 강하게 공격했으나 놀랍게도 그 어떤 공격도 반호성에게는 통하지 않았다. 마치 견고한 철벽처럼 반호성은 완벽하게 그의 공격을 막아냈다.

"슬슬 끝을 내지요. 더 이상의 대결은 무의미하니."

"닥쳐라!"

절대무공이라 생각했던, 능히 천하제일이라 여겼던 천마삼검을 펼쳤음에도 반호성을 쓰러뜨리지 못했다는 사실이 충격적인지 섭천화가 눈에 띄게 흔들리는 모습을 보여주었다.

또한 말투마저 달라져 있었다. 초반의 여유롭던 기색은 어디로 간 것인지 섭천화는 크게 동요하는 모습을 보였다.

우우우웅!

극도로 흥분한 섭천화는 오직 반호성을 죽이겠다는 일념에 단전의 마기란 마기는 모조리 끌어모았다. 그러고도 모자라 그는 주위의 기운마저 빨아들여 자신의 기운으로 삼았다.

크그그긍!

삽시간에 끌어모은 기운이 얼마나 대단한지 섭천화가 서 있는 곳을 중심으로 대지가 크게 흔들리기 시작했다. 단순히 그가 응집한 기운에 대지가 요동치는 것이었다.

"어리석은 짓."

지진을 일으킬 정도로 어마어마한 기운이 모여드는 것을 지켜보며 반호성이 중얼거렸다. 한데 의아하게도 그는 엄청난 기운을 가장 가까이에서 느끼고 있음에도 불구하고 별달리 긴장한 기색을 보이지 않았다.

"아무리 강대한 기운이라도 완벽히 통제하지 못하면 무용지물인 것을 왜 모를까."

반호성이 고개를 저으며 혀를 찼다. 다른 사람들이 보기에는 대단히 위협적으로 보일지 모르나 그에게는 아니었다. 오히려 그 어느 때보다 빈틈이 많아 보였다. 때문에 반호성은 혀를 차며 여명검을 바로잡았다. 그리고는 짧지만 강렬하게 휘둘렀다.

쩌저저적!

누구나 할 수 있는 간단한 횡 베기였으나 결과는 결코 단순하지 않았다. 섭천화를 중심으로 모여들던 무지막지한 기운이 단숨에 양분되었던 것이다.

"커헉!"

그뿐만 아니라 반호성의 검세는 거대한 기운을 가르고도 힘이 남았는지 섭천화의 흉부를 길게 베어버리기까지 했다.

"차라리 접근전을 펼쳤으면 더욱 멋진 승부가 되었을 텐데. 단번에 결판을 내겠다는 욕심만 부리지 않았으면 말이지요."

"이, 이노옴! 감히 본좌의 몸에……!"

"그깟 몸뚱이리의 상처쯤은 굳이 지금이 아니라도 언제든지 낼 수 있있습니다. 그러니 격분하지 마시죠. 그럴수록 더욱 비참하게 무너질 터이니."

"그 시건방진 입 다물지 못하겠느냐!"

쌔애애액!

가슴에서 치솟아 오르는 분노를 삭이지 못한 섭천화가 상처가 벌어지는 것도 모르고 진천마검을 거칠게 휘둘렀다. 그러나 진천마검은 반호성에게 닿지 못했다.

터엉!

가벼운 검 놀림만으로 섭천화의 검격을 튕겨낸 반호성은 무심한 눈으로 섭천화를 바라봤다.

"어리석은 자. 천하를 지배하겠다는 야욕만 드러내지 않았으면 오늘 이 자리에서 죽지 않았을 것을."

"마치 다 이긴 것처럼 말을 하는구나, 검천!"

"당신의 눈에는 지금의 상황이 안 보입니까."

스극. 슥!

무미건조한 표정으로 중얼거리는 반호성을 향해 재차 달려들었던 섭천화가 눈을 부릅떴다. 느끼지 못하는 사이에 자신의 상의가 갈가리 찢어지며 허공에 흩어지자 깜짝 놀란 것이었다.

"이, 이럴 수가! 어떻게 이런 일이!"

"당신은 스스로가 최고라고 생각했겠지만, 그것은 착각일 뿐입니다."

섭천화가 망연자실한 표정으로 자신의 몸을 내려다봤다. 비루하기 짝이 없는 모습이 지금 자신의 모습이라 하니 믿기지가 않았다. 그렇기 때문에 그는 반호성의 말이 제대로 들리지 않았다.

"이럴 리가 없어. 본좌가 최고인데, 내가 최강이건만!"

"현실을 직시하시길. 당신은 졌습니다."

“그럴 리가 없다!”

파아앗!

섭천화의 전신에서 다시금 마기가 폭발적으로 터져 나왔
다. 하지만 안타깝게도 그것은 창졸간에 사라졌다. 왜냐하
면 마기가 치솟기 무섭게 반호성이 여명검을 움직여 갈가리
찢어버렸기 때문이다. 더불어 반호성은 현재의 상황을 받아
들이지 못하고 날뛰려 하는 섭천화의 한쪽 팔도 잘라 버렸
다.

툭!

너무도 무심한 손짓에 섭천화의 왼팔이 어깻죽지부터 잘
려나갔다. 그러자 섭천화의 눈빛이 멍해졌다. 도저히 믿기지
않은 상황에 넋을 놓은 것이었다.

“이만 끝을 내지요.”

반호성은 바닥에 떨어진 본인의 팔을 멍하니 바라보고 있
는 섭천화를 응시하며 나지막하게 입을 열었다. 그런 그의 표
정에는 조금의 동정도 담겨 있지 않았다. 여기까지 오면서 섭
천화가 만든 혈겁에 대해 너무나도 잘 알기에, 그리고 세상에
섭천화의 존재가 필요치 않다는 걸 알기에 그를 죽이는 데 있
어 조금도 망설이지 않는 것이었다.

“잘 가시길.”

“크아아앗!”

섭천화의 목을 베기 위해 늘어뜨려 놓았던 여명검을 들어 올리던 반호성이 일순 얼굴을 굳혔다. 왜냐하면 갑자기 섭천화의 전신에서 엄청난 마기가 들끓었기 때문이다.

"본좌가 질 리가 없다! 본좌는 천하제일인이란 말이다!"

섭천화에게서 솟구친 마기가 하늘에 닿았다. 그러자 엄청난 마기의 폭풍이 일어났다. 지금까지와는 비교도 되지 않는 어마어마한 마기였다. 하지만 위험한 건 섭천화에게서 흘러나오는 마기가 아니었다.

"미쳐 버렸군."

"아무래도 현실을 직시하기가 싫었던 모양이야."

그야말로 마기의 태풍이라 할 수 있을 정도로 엄청난 바람을 일으키며 존재감을 발산하고 있는 섭천화를 바라보던 반호성이 뒤에서 들려오는 음성에 대답하며 고개를 돌렸다. 그러자 사뿐히 바닥에 내려서는 강진혁의 모습이 두 눈에 잡혔다.

"누구보다 광오한 성격이니만큼 그럴 수밖에."

"그나저나 천마교주씩이나 되는 자가 폭주하니 이거 무서운데?"

"엄살은."

강진혁은 몸을 부르르 떨면서 말하는 반호성을 보며 피식 웃었다. 전혀 겁먹지 않았으면서 두려운 듯이 말하자 어이가 없었던 것이다.

"그러니까 이제는 네가 맡는 게 어때? 난 몸이 영 찌뿌둥한 게 피곤하다."

"똥은 싼 사람이 치워야지. 안 그래?"

"냉정한 녀석."

조금의 여지도 없이 딱 잘라 말하는 강진혁의 모습에 반호성이 입맛을 다셨다. 이참에 섭천화를 넘기고 좀 쉬려고 했는데 그게 좀처럼 쉽지 않았기 때문이다.

"게다가 내 몫은 따로 있으니까."

"흐음. 봉마군을 말하는 건가?"

과거 봉마군이 강진혁에게 된통 당하고 도망쳤다는 사실을 알고 있었기에 반호성이 섭천화에게서 시선을 떼며 주위를 둘러봤다. 그러자 칙칙한 빛깔의 목봉을 쥐고 서 있는 봉마군의 모습이 그의 시야에 잡혔다.

"그것도 맞기는 한데, 정확하지는 않다."

"뭐가 그리 애매해."

강진혁의 대답에 반호성이 투덜거렸다. 도무지 알 수 없는 대답에 답답해서였다. 그러나 강진혁은 그가 답답하건 말건 그리 신경 쓰지 않는 얼굴로 광기에 사로잡힌 섭천화를 바라봤다.

"슬슬 처리해야 하지 않겠어? 저대로 계속 놔두면 무인들의 사기에 영향을 끼칠 텐데.”

“그렇겠지. 근데 좀 껄끄럽네.”

“정 그러면 천마신교 쪽에 떨궈 버려. 미쳐 버린 인간이라 적아를 구분하지 못할 테니.”

“호오. 그거 괜찮은 방법인데?”

반호성이 두 눈을 반짝거렸다. 듣고 보니 상당히 괜찮은 방법 같았기 때문이다. 그야말로 이이제이(以夷制夷)의 한 수였기에 반호성은 진지하게 이 방법을 고려해 보았다.

“다만 약간의 문제가 있다면 저 녀석을 저곳까지 끌고 가야 한다는 거지.”

“그건 어렵지 않지. 방어는 내 전문 분야이니까.”

“그럼 출발해. 나도 슬슬 정리하는 데 한손 거들 테니까.”

“좋아!”

강진혁의 말에 반호성은 고개를 크게 끄덕인 후 땅을 박찼다. 섭천화의 시선을 끌어 그를 천마신교 진형까지 데려가기 위해서였다. 이윽고 그의 신형이 단숨에 섭천화의 지척까지 날아갔다.

“우리도 슬슬 움직이자고.”

“예, 주군.”

“이제야 나도 몸 좀 풀겠구먼.”

반호성을 일별한 강진혁이 뒤를 돌아보며 말했다. 그러자

그 말을 기다렸다는 듯이 위지명과 곽휴의 목소리가 들려왔
다.
　이윽고 강진혁의 시선이 어느 한곳을 향해 움직였다.

第八十章
전쟁지종(戰爭之終)

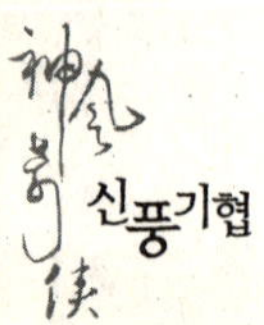

반호성이 광기에 잠식된 섭천화에게 향한 순간, 강진혁도 움직였다. 오랜 시간 동안 이어져 왔던 악연을 끊기 위해 그 역시 움직인 것이었다.

투욱.

너무나 가볍게 허공을 건너뛴 강진혁이 어느 한 지점에 내려섰다. 그런데 그가 내려서기 무섭게 사방에서 살기가 가득 담긴 공격들이 미친 듯이 쏟아져 내렸다.

"쓸모없는 짓."

터터터터텅!

하나 그 어떤 공격도 강진혁의 몸에 상처를 내지는 못했다. 아니, 몸에 닿지도 못했다. 그러나 마인들은 그것을 두 눈으로 똑똑히 보고도 공격하는 것을 멈추지 않았다. 이렇게라도 하지 않으면 두려움에 잠식당할 것 같았기 때문이다.

스윽.

호신강기 안에 있던 강진혁이 느릿하게 손을 들어 올렸다. 그러자 놀라운 일이 일어났다. 그를 포위하듯 서 있던 마인들이 하나같이 목을 부여잡으며 바닥에 쓰러졌던 것이다.

"역시 이리로 왔군."

"당신과 나는 풀어야 할 게 있으니까."

쓰러진 마인들 뒤로 한 명의 중년인이 다가왔다. 바로 강진혁과는 나름 특별한 인연이 있는 봉마군이었다.

"그건 나도 마찬가지다."

"이번에는 결코 운으로 살아남지 못할 거야. 여긴 전장이니까."

"알고 있다."

마치 하수를 대하는 듯한 강진혁의 태도였으나 봉마군은 발끈하지 않았다. 이미 강진혁의 무위가 자신을 뛰어넘는다는 사실을 잘 알고 있어서였다. 하지만 그렇다고 겁을 먹거나 하지는 않았다. 무인들의 대결에서 꼭 경지가 높다고 이기는 것은 아니었기 때문이다.

"이길 생각이로군."

"살아남기 위해선 당연히 이겨야 하니까."

"좋은 마음가짐이야. 하지만 안타깝게도 그건 불가능해."

터엉!

형형한 안광을 뿌리며 강진혁을 주시하던 봉마군이 퍼뜩 놀라며 봉을 움직였다. 부지불식간에 무언가가 다가오는 것을 느꼈기 때문이다. 그리고 그 예감은 정확히 맞았다. 무언가가 그의 심장을 노리고 쇄도했던 것이다.

"왜냐하면 난 당신을 살려줄 마음이 전혀 없거든."

강진혁의 눈빛이 냉정해졌다. 동시에 보이지 않는 무형의 강기들이 우후죽순처럼 생겨나 봉마군의 전신 사혈을 노렸다.

퍼퍼퍼퍼펑!

무자비할 정도로 잔혹하게 쏟아지는 무형강기에 봉마군이 식겁한 표정을 지으며 몸을 움직였다. 그러면서 호신강기를 극도로 일으켰다. 최대한 강진혁의 무형강기를 피할 생각이지만 만약에 피하지 못한 게 있으면 호신강기로 막을 작정이었다. 한데 그러한 그의 생각은 처음부터 어긋나 버렸다.

"크헙!"

왜냐하면 강진혁의 무형강기가 너무나 쉽게 그의 호신강기를 관통했기 때문이다. 다행히 반사적으로 몸을 움직여 피해냈기에 망정이지 호신강기를 맹신했다면 그는 이번 공격으로 절명했을 터였다.

"확실히 운이 좋아."

"운이 아니라 실력이다, 신풍!"

"실력이 아니라 그때 먹었던 약의 힘이겠지."

강진혁은 무서운 안광을 뿌리며 쇄도하는 봉마군을 보며 비아냥거렸다. 그가 보기에 지금 봉마군의 육체는 결코 스스로의 힘으로 단련된 것이 아니었기 때문이었다. 그래서 강진혁은 조롱 섞인 말투로 말하고는 왼팔을 가볍게 들었다.

텅!

들어 올린 강진혁의 팔뚝에 봉마군의 목봉이 닿았다. 마치 짠 것처럼 절묘하게 맞물린 듯한 공방이었다. 하지만 이건 결코 계획된 것이 아니었다. 때문에 봉마군의 안면이 딱딱하게 경직되었다.

"……더 강해졌나?"

"그런 것도 있고, 익숙해진 것도 이유 중 하나지."

놀란 기색이 완연한 봉마군과는 달리 강진혁의 표정은 여유로웠다. 벌써 몇 번이나 본 구류천강봉법(九流天剛棒法)이었기에 막는 게 그리 어렵진 않았다.

"그렇다면 보여줘야겠군. 새롭게 바뀐 구류천강봉법을."

파파파팟!

놀란 표정을 가다듬은 봉마군이 벼락같이 목봉을 회수한 다음 재차 공격을 펼쳤다. 한데 기세가 상당히 매서웠다. 특유의 와류를 일으키는 봉강(棒罡)이 제법 날카롭게 파고들었던 것이다.

씨이잉! 씨잉!

맹렬한 파공음을 토해내며 쇄도해 오는 수십, 수백 개의 봉강들이 강진혁의 전신으로 쏟아졌다. 그러나 진짜 위험한 것은 봉강이 아니었다.

"호오."

폭우처럼 쏟아지는 봉강들을 바라보던 강진혁이 묘한 비음을 흘렸다. 왜냐하면 봉강이 일으키는 와류가 심상치 않아서였다.

"죽어라, 신풍!"

콰콰콰쾅!

강진혁이 사뭇 놀란 표정으로 서 있을 때 그의 머리 위로 수많은 봉강이 쏟아져 내렸다. 그러자 강진혁의 주위에서 엄청난 폭발이 일어났다.

"후우. 죽었나?"

짙게 솟아오른 먼지 구름을 바라보며 봉마군이 숨을 몰아쉬었다. 그런 그의 두 눈은 그 어느 때보다 진중하게 가라앉아 있었다.

“미안하군. 바람을 들어주지 못해서.”

“……역시 막아냈군.”

“공격이 요란하기만 하고 위력이 별로더라고.”

“후후후!”

태연한 음성과 함께 먼지 구름을 가르며 모습을 드러내는 강진혁을 보며 봉마군이 헛웃음을 흘렸다. 폭발로 인해 만들어진 거대한 구덩이에서 걸어 나오면서 하는 말치고는 너무나 어처구니없어서였다. 그러나 정작 말을 한 강진혁은 그렇게 생각하지 않은지 재수 없는 미소를 짓고 있었다.

“그래서 알려줄까 해. 공격은 꼭 요란할 필요가 없다는 것을.”

퍼억!

“큭!”

강진혁의 말이 끝나기 무섭게 봉마군은 어깨에서 화끈한 통증을 느꼈다. 그에 그가 다급히 고개를 돌려 자신의 어깨를 바라봤다.

“못 느낀 게 이상한가?”

“어느 틈에 공격한 거지?”

얼굴 가득 당황한 표정으로 상처를 바라보는 봉마군을 향해 강진혁이 물었다. 그러자 봉마군이 휘둥그레진 눈으로 강진혁을 돌아봤다.

“당신과 눈이 마주친 순간.”

“그 찰나에 공격했다고?”

“그래. 다만 당신이 느끼지 못한 것이지. 지금처럼.”

픽!

봉마군의 눈이 더 이상 커질 수 없을 만큼 커졌다. 왜냐하면 이번 역시 느끼지도 못하는 새에 공격을 허용했기 때문이었다.

“저번에 싸웠을 때는 이 정도는 아니었는데…….”

봉마군이 믿을 수 없다는 표정으로 중얼거렸다. 그 정도로 그는 엄청난 충격을 받았다. 자신 정도의 무인이 낌새조차 느끼지 못했다는 사실이 믿기지 않아서였다. 한데 강진혁은 그런 그를 보며 의미심장한 표정을 지었다.

“그야 당연하지. 그때는 봐주면서 상대했으니까.”

“……뭐라고?”

봉마군의 안색이 변했다. 생각지도 못한 말에 충격과 분노를 느낀 것이었다. 하지만 강진혁은 그런 그의 변화에도 말을 멈추지 않았다.

“굳이 전력으로 상대할 필요가 없었거든.”

“허허허!”

봉마군이 허탈한 웃음을 흘렸다. 들으면 들을수록 말이 가관이어서였다. 근데 반박을 할 수가 없었다. 왜냐하면 지금 그의 꼴이 강진혁의 말을 증명하고 있었기 때문이었다.

"그러니 이만 끝내자고. 전쟁을 마무리 지어야 하니까."

"날 죽이는 게 쉽지는 않을 것이다."

봉마군의 기세가 일변했다. 양쪽 어깨에 관통상을 당했지만 그는 여전히 건재한 모습으로 강렬한 마기를 뿜어댔다. 아니, 오히려 좀 전보다 더한 기세를 발했다. 죽음을 각오하고서 싸우려 했기에 더욱 강대한 기세를 발산하는 것이었다.

"각오가 대단하군. 하지만, 쓸모없는 짓이야."

스스슥!

강진혁의 신형이 흐릿해졌다. 그에 봉마군이 반사적으로 발을 놀리며 악착같이 목봉을 찔러 넣었다. 하지만 그가 전력을 다해 날린 찌르기는 아쉽게도 강진혁의 왼쪽 귓불을 스쳐 지나갔다.

투욱.

가볍게 봉마군의 공격을 피해낸 강진혁이 손을 뻗었다. 그러자 그의 우장이 봉마군의 가슴팍에 닿았다.

"으으!"

"잘 가라, 봉마군."

우드득!

강진혁은 흔들리는 동공으로 자신을 바라보는 봉마군을 마주하며 내기를 터뜨렸다. 그러자 봉마군의 흉부에서 뼈가 바스러지는 소리가 흘러나오며 그의 신형이 천천히 허물어졌다.

"수고하셨습니다, 주군."

쓰러진 봉마군에게서 시선을 뗀 강진혁이 몸을 돌렸다. 그러자 온몸에 피 칠갑을 한 위지명이 서 있었다.

"아아. 근데 곽 문주님은?"

"저쪽에 계십니다."

손에 피가 묻지는 않았지만 습관적으로 손을 턴 강진혁이 고개를 돌려 위지명이 가리키는 곳을 바라봤다. 그러자 동에 번쩍, 서에 번쩍하듯 움직이는 곽휴의 모습이 눈에 들어왔다.

"귀찮아하시던 것과는 다르게 너무 활약하시는데."

"아마 빨리 끝내고 싶어 그러시는 것 같습니다."

"그런가. 그보다 다른 곳도 슬슬 정리가 되어 가는 것 같네."

강진혁의 시신이 나머지 네 명의 마군에게 향했다. 그중 특히 혼마군이 있는 쪽을 유심히 바라봤다. 그가 보기에 칠마군 중에서 가장 강한 자가 혼마군이었기 때문이다. 한데 다행스럽게도 매화검수들이 나름 잘 상대하고 있었다. 승기를 잡지는 못했지만 그렇다고 밀리지도 않았다. 때문에 강진혁은 나름 선전한다고 생각했다.

"하지만 아직 전체적인 전황은 막상막하입니다."

“섭천화가 폭주했는데도 불구하고 말이지.”

“그렇습니다.”

혼마군을 일별한 강진혁이 광인처럼 날뛰고 있는 섭천화를 바라봤다. 농락하듯 치고 빠지는 반호성으로 인해 그는 수하들을 제 손으로 무참히 죽이고 있었다. 하지만 그는 그 사실을 모르는지 무차별적으로 공격만 해댔다. 친위대라 할 수 있는 진마수호대가 아무리 말려도 말이다.

“아무래도 군소방파의 수장들을 정리해야겠어. 그래야 지휘체계가 흔들려 쉽게 무너질 거야.”

“제가 돕겠습니다.”

“좋아.”

생각할 필요도 없다는 듯이 대답하는 위지명을 보며 빙긋 웃은 강진혁이 땅을 박찼다. 그러자 그의 신형이 눈 깜짝할 사이에 수십 장을 건너뛰어 한 군소방파의 문주 앞에 나타났다.

“너, 너는!”

느닷없이 나타난 강진혁의 모습에 우락부락한 외모를 가진 일파의 문주가 화들짝 놀란 표정을 지었다. 마주친 적은 없어도 강진혁의 무위를 멀리서나마 본 적이 있기에 놀란 것이었다.

“입을 함부로 놀리지 마라.”

“내버려 둬. 어차피 죽을 사람인데.”

얼마나 놀랐는지 식겁한 표정으로 손가락질하는 중년인에게 얼굴을 굳히며 한마디 내뱉었던 위지명이 만류하는 강진혁의 말에 금방이라도 움직일 듯했던 손을 멈췄다. 그러나 여전히 눈빛만큼은 차가웠다.

“왜 하필 이곳으로…….”

“그야 가장 가까웠거든. 그러니 탓하려면 본인의 운 없음을 탓해.”

퍼석!

강진혁은 가볍게 손가락을 튕겼다. 그러자 수박 터지는 듯한 소리와 함께 중년인의 미간에 손가락만 한 구멍이 뚫렸다. 바로 광풍일섬지의 발현이었다. 그리고 그게 폭풍의 시작이었다.

퍼퍼퍼퍼퍽!

강진혁은 위시녕과 함께 천마신교 진형을 휩쓸고 다녔다. 그 누구도 그의 앞길을 막아서지 못했다. 그를 조금이라도 저지시키려면 적어도 칠마군급 마인이 나서야 하는데 그 정도의 마인은 더 이상 남아 있지 않았기에 강진혁은 거의 무인지경으로 천마신교의 진형을 휩쓸었다.

“마도(魔道)는 이것으로 끝인가…….”

혈랑문(血狼門)이라는, 군소방파 중에서는 제법 위세가 큰

문파의 문주가 강진혁을 마주하자 힘없이 중얼거렸다. 그런 그의 곁에는 시체가 되어버린 수하들이 잔뜩 널브러져 있었다. 바로 위지명의 솜씨였다.

"틀렸다. 마도는 끝나지 않았다. 단지 천마신교가 끝났을 뿐."

"그게 무슨 소리지?"

"무슨 일이 있어도 마도는 사라지지 않는다는 소리다."

혈랑문주가 눈을 동그랗게 떴다. 승리자로서, 더구나 승리의 주역으로서 할 말이 아니었기 때문이다. 하지만 아무것도 모르는 듯한 혈랑문주와는 달리 곁에 있던 위지명은 강진혁의 말에서 무언가를 알아차린 듯 묘한 표정을 지었다.

"그렇다면 다행이군. 그래도 맥이 끊어지지 않아서."

"그런 셈이지. 물론 배신한 당신들이 걱정할 바는 아니지만."

"아!"

뒤늦게 강진혁이 말하는 바를 깨달은 혈랑문주가 두 눈을 빛냈다. 섭천화 말고도 마도의 하늘이 또 하나 있음을 이제야 깨달은 것이었다.

"그러니 마도는 걱정하지 말고 죽도록."

털썩!

강진혁이 남긴 짧은 한마디 때문일까. 마도를 걱정하던 혈랑문주는 죽는 순간에 희미한 미소를 지으며 쓰러졌다. 그러나 그 미소의 의미를 아는 사람은 강진혁과 위지명을 제외하고는 아무도 없었다.

"전황이 바뀌기 시작했습니다."

"이만큼 움직였는데 당연히 그래야지."

"천의맹주께서 슬슬 마무리를 하실 듯합니다."

위지명과 함께 각파의 수장과 정예들을 쓸어버린 강진혁이 고개를 돌려 반호성이 있는 곳을 바라봤다. 그러자 섭천화를 중심으로 진마수호대와 치열하게 접전을 벌이는 친구의 모습이 눈에 들어왔다.

"나도 한손 거들어볼까."

위지명의 말대로 반호성이 슬슬 끝낼 기미를 조금씩 보이자 강진혁은 의미심장한 미소를 지으며 발걸음을 옮겼다. 그런데 그가 가는 방향으로 길이 생겼다. 마인들이 저도 모르게 좌우로 갈라저 강진혁이 지나갈 수 있도록 길을 만든 것이었다. 물론 이유는 두려움 때문이었다.

저벅저벅.

두려움이 가득한 마인들의 시선을 받으며 강진혁은 여유롭게 걸음을 옮겼다. 이윽고 강진혁의 신형이 반호성의 지척까지 다가갔다.

"벌써 정리 다했어?"

"어느 정도는."

까아앙!

강진혁이 대답하는 순간에 반호성은 진마수호대의 공격을 막아냈다. 한데 방어하는 반호성의 표정은 여유로운 반면에 공격하는 진마수호대원의 얼굴엔 다급함이 가득했다. 그래서 그런지 진마수호대원의 공격은 날카롭기보다는 산만한 느낌이 강했다.

"그럼 구경만 하지 말고 얼른 거들어!"

"구경도 나쁠 것 같지는 않은데?"

"뭐?"

농담이 가득한 강진혁의 대답에 반호성이 어이없다는 듯한 표정을 지으며 대꾸했다. 하지만 강진혁은 쉴 새 없이 몰아붙이는 진마수호대만 지켜볼 뿐 딱히 움직일 생각을 하지 않았다. 그리고 그건 곁에 있던 위지명도 마찬가지였다.

쉬이익!

한데 그런 강진혁을 향해 한줄기 날카로운 파공음이 쇄도했다. 바로 미치광이처럼 날뛰는 섭천화가 날린 공격이었다.

"이크!"

마구잡이로 뿌려대는 공격이었으나 위력만큼은 여전히 강력했다. 때문에 강진혁은 사뭇 놀란 듯이 신형을 움직였다.

"죽여주마, 신풍!"

"사방천지가 적이로구만."

섭천화의 공격을 피해내기 무섭게 진마수호대의 공격이 이어졌다. 그러나 살기 가득한 그들의 공격에도 강진혁은 입가에 미소를 짓고 있었다.

"그야 네가 방해한 게 한두 번이 아니니까 그렇지."

"왠지 모르게 고소해하는 느낌이다?"

"에이, 그럴 리가."

반호성이 아니라는 듯이 말했지만, 강진혁은 분명히 보았다. 진마수호대의 공격을 피하면서 히죽 웃는 그의 모습을. 하지만 강진혁은 그 모습을 보고도 더는 뭐라 말하지 않았다. 대신 죽기 살기로 달려드는 진마수호대원을 바라봤다.

"이만 가라."

퍼석!

장난은 끝이라는 듯이 강진혁의 표정이 진지해졌다. 그리고 그것이 진마수호대원이 살아서 본 마지막 광경이었다.

"역시 손속에 사정이 없어."

"지저분한 것을 별로 좋아하지 않는 성격이라. 장난은 그만하고 섭천화에게 가라. 잔챙이들은 나에게 맡기고."

"그 말을 기다렸어."

스스슥!

강진혁의 말이 끝나기 무섭게 반호성의 신형이 사라졌다.

광인이 되어버린 섭천화에게 향한 것이었다. 그러자 진마수호대의 살기가 강진혁에게 집중됐다.

"내 말에 자존심이 상한 모양이군."

"그렇지 않다면 그게 오히려 이상하지 않겠나."

"하지만 그런다고 한들 달라지는 것은 없다."

진마수호대가 뿌려대는 엄청난 살기 속에서 강진혁이 담담하게 입을 열었다. 그리고 자신의 말을 직접 증명해 보였다.

우우우웅!

느릿하게 올려지는 우수를 따라 어마어마한 진기가 휘몰아쳤다. 그리고 이내 그 진기는 하나의 형상으로 유형화되었다.

"으으음!"

서서히 형상을 갖추어가는 모습에 진마수호대주가 침음성을 흘렸다. 왜냐하면 엄청난 기운을 뿌리는 한 마리의 용이 강진혁을 감싸 안은 듯한 모습으로 나타났기 때문이었다.

"풍룡강기인가……."

소문으로만 들어보았던 강진혁의 진신절기를 직접 목도한 진마수호대가 침을 삼켰다. 소문이 하도 무성했기에 한 번쯤은 상대해 보고 싶다는 마음을 다들 갖고 있었는데, 그게 얼마나 큰 자만이었는지 그들은 지금 깨달을 수 있었다.

엄청난 존재감을 발하는 풍룡강기는 감히 그들이 상대할 수 있는 게 아니었던 것이다.

"가라."

쿠아아앙!

풍룡강기가 뿌리는 존재감으로 인해 적막감이 내려앉은 그때, 강진혁이 나지막하게 입을 열었다. 그러자 풍룡강기가 기다렸다는 듯이 포효하며 진마수호대에게 날아갔다.

"공격해라!"

벼락같이 쇄도하는 풍룡강기의 모습에 진마수호대주가 뒤늦게 지시를 내렸다. 하지만 그건 쓸모없는 짓이 되고 말았다. 왜냐하면 그 누구도 풍룡강기의 질주를 막아서지 못했기 때문이다.

"끄아악!"

"커헉!"

비명이란 걸 모르던 진마수호대가 난폭한 풍룡강기의 공격에 제대로 된 반격조차 하지 못하고 전신이 짓이겨져 쓰러졌다. 그리고 그건 조장이나 부대주도 예외는 아니었다.

덜덜덜!

모든 공격을 모조리 튕겨내고 잔인하게 수하들을 물어뜯어 죽이는 풍룡강기의 모습에 진마수호대주는 자신도 모르게 손을 떨었다. 무지막지한 풍룡강기의 위력에 두려움이 엄습해 온 것이었다. 그러나 아직 놀라기에는 일렀다.

우우우웅!

흉포함을 사방에 드러내며 날뛰던 풍룡강기가 잠시 멈칫거렸다. 하지만 그렇다고 달려드는 진마수호대원은 없었다. 왠지 모르게 폭풍전야 같은 느낌이 강하게 들었기에 선뜻 공격할 수가 없었던 것이다.

크아아아!

허공에 고요히 떠 있던 풍룡강기가 다시금 포효했다. 한데 풍룡강기의 모습이 사뭇 달라져 있었다. 일 장 남짓하던 크기는 세 배 가까이 커졌고 입에는 여의주처럼 무언가를 물고 있었다.

"서, 설마……?"

영롱한 빛을 발하면서도 왠지 모를 위화감을 짙게 뿌리는 여의주의 모습에서 무언가를 느꼈는지 진마수호대주가 깜짝 놀란 표정을 지었다. 하지만 그는 말을 다 잇지 못했다. 거대해진 풍룡강기가 가장 먼저 그를 노렸기에 말을 할 수가 없었던 것이다.

쑤아아앙!

그야말로 가공할 기세를 뿌리며 풍룡강기는 진마수호대주를 덮쳤다. 마치 집어삼킬 듯한 기세로 달려들었던 것이다. 그러나 진마수호대주도 쉽사리 당해줄 생각은 없었다. 목숨

과 명예가 걸려 있었기에 전력을 다해 최고의 한 수를 펼쳤
다.

꽈아아앙!

진마수호대주가 펼친 일격이 풍룡강기의 머리를 정확히
강타했다. 하지만 안타깝게도 풍룡강기의 몸에는 작은 생채
기 하나 생기지 않았다.

콰득!

모든 힘을 이번 일격에 쏟아낸 진마수호대주는 무기력하
게 풍룡강기에 먹혔다. 그리고 그게 진마수호대 전멸의 서막
이었다.

콰앙! 쾅! 꽝!

강진혁의 의지를 받은 풍룡강기는 단 한 톨의 자비도 없이
진마수호대 전원을 집어삼켰다. 그리고도 모자라 주변의 마
인들까지도 모조리 도륙했다.

휘이이잉.

풍룡강기가 휩쓸고 지나간 길에는 오직 시체만이 남아 있
었다. 때문에 그 누구도 감히 강진혁의 근처로 다가오지 못했
다. 허망하게 죽고 싶은 이는 아무도 없었기에 감히 달려들
생각을 하지 못한 것이다.

“역시 회주야.”

절대자의 존재감을 뿌리며 오롯이 서 있는 강진혁의 곁으

로 곽휴가 다가오며 입을 열었다. 그런 그의 눈에는 감탄이 짙게 서려 있었다. 강진혁이 강한 것이야 이미 잘 알고 있었지만 이렇게 주위를 압도하는 모습을 보여준 적은 거의 없었기에 곽휴는 사뭇 다른 눈빛으로 강진혁을 바라봤다.

"다치신 곳은 없으십니까?"

"다행히 날 위협할 정도의 적은 없었네. 위험한 곳은 요리조리 피해 다녔거든."

"하하하."

농담을 하는 곽휴의 모습에 강진혁이 웃음을 터뜨렸다. 그러자 덩달아 옆에 있던 위지명도 피식 웃었다. 왠지 모르게 곽휴의 말이 웃겼던 것이다.

"그보다 천의맹주의 기세가 심상치 않은데?"

곽휴가 반호성에게로 시선을 옮겼다. 왜냐하면 그의 기운이 끝도 없이 상승했기에 시선이 절로 갔던 것이다.

"이제 마무리를 해야 할 때이니까요."

"크아아아!"

곽휴를 따라 강진혁의 시선도 반호성에게로 향했다. 한데 그때 섭천화가 울부짖었다. 그 역시 본능적으로 심상치 않은 기운을 느끼고는 반응한 것이었다.

콰앙! 쾅! 콰과과광!

섭천화가 맹렬한 기세로 반호성을 공격했다. 하지만 그 어떤 공격도 반호성의 호신강기를 뚫지 못했다.

스으윽.

조금의 틈도 없이 쏟아지는 공격 속에서 고요히 무공을 펼칠 준비를 하고 있던 반호성이 천천히 여명검을 움직였다. 그러자 주위의 기운이 동조하듯 일렁이기 시작했다.

"본좌가 최고다! 이 몸이 천하제일인이란 말이다!"

주변의 기운이 변화하는 것을 감지하지 못하는지 섭천화가 발악하듯 소리쳤다. 하지만 그럴수록 그의 모습은 더욱 초라해졌다. 차분하고 여유로운 반호성과 너무나 비교가 되었던 것이다.

"꼴사나운 모습을 이쯤에서 끝내드리지요. 더 이상 추잡하지 않게."

서걱.

한심한 눈빛이 아닌, 동정 어린 눈빛으로 섭천화를 바라보던 반호성이 주위의 기운과 완벽히 동조되었을 때 여명검을 휘둘렀다. 그러자 미약한 파육음이 섭천화에게서 흘러나왔다.

"쿨럭!"

여명검이 휘둘러진 것과 거의 동시에 섭천화의 목에 가는 혈선이 생겼다. 그리고 섭천화가 발광을 멈추고 거칠게 기침을 했다.

“정신이 좀 듭니까.”

“큭큭! 꼴사나운 모습을 보였군…….”

“그래도 마지막은 정상으로 되돌아왔으니 됐지요.”

“의외로 잔인한 구석이 있군.”

섭천화는 유일하게 남은 오른손으로 입가를 닦으며 대답했다. 그러자 그의 목에 생겨난 혈선이 꿈틀거리며 점차 굵어지기 시작했다.

“마지막으로 남길 말이 있습니까?”

“없다. 그런 것 따위.”

“후회는 없나 보군요.”

“남자로 태어나 천하제일이라는 야망을 꿈꾸다 죽은 것이니 당연히 후회는 없다.”

한 치의 망설임도, 후회도 없는 모습으로 섭천화는 말했다. 그러나 조금의 미련은 남는지 그는 반호성에 이어 강진혁을 바라봤다. 하지만 더 이상 입을 열지는 않았다. 그저 꼿꼿이 서서 스스로의 마지막을 맞이했다.

주르륵!

잠시 후 섭천화의 목에서 피가 흘러나오며 머리가 바닥에 떨어졌다. 그러나 그는 죽는 순간까지 눈을 감지 않았다. 죽더라도 패배자의 모습으로 죽고 싶지 않았기에 끝까지 반호성을 바라봤다.

“천마신교주가 죽었다!”

“맹주께서 마제를 쓰러뜨렸다!”

“우와아아!”

섭천화의 죽음에 천의맹의 무인들이 환호성을 질렀다. 가장 중요한 싸움에서 반호성이 승리했기에 저도 모르게 소리친 것이었다. 그리고 그로 인해 천의맹의 사기가 무서울 정도로 치솟았다. 반면에 천마신교 측의 사기는 바닥으로 곤두박질쳤다.

“크아악!”

“커헉!”

그 결과 전황이 삽시간에 바뀌었다. 섭천화의 죽음이 마인들의 투지를 꺾어버렸기에 일어난 변화였다.

“전열을 유지해라!”

“도망치지 마라! 아직 전쟁은 끝나지 않았다!”

순식간에 무너지는 진형에 몇몇 마두가 수하들을 독려했지만 크게 달라지는 것은 없었다. 오히려 도망자들을 더욱 늘어나게 만들었다. 그들이 다급해할수록 패색이 짙다는 걸 알 수 있었기에 아예 몸을 내빼 버렸던 것이다.

“제, 제기랄!”

“여기가 내 무덤이 될 줄이야……”

사정은 칠마군이라 해서 다르지 않았다. 아니, 오히려 칠마군이기에 더욱더 집요한 공격을 받았다. 때문에 거마군과 도마군은 어느새 목숨이 위험할 지경까지 내몰렸다.

"도망쳐야 하지 않겠소?"

"지금 이 상황에서 도망칠 수 있을 것 같나?"

"그래도 시도는 해봐야 하지 않겠소. 죽기 싫으면."

"궁마군이 함께한다면 가능할 것 같기는 한데……."

도마군이 말끝을 흐리며 멀리서 고군분투하는 궁마군을 바라봤다. 그러자 온몸이 상처투성이인 거마군의 시선도 궁마군에게 향했다.

"그럼 우리가 가면 되지 않겠소?"

"간다 해서 상황이 지금보다 나아질 것 같지는 않은데. 게다가 궁마군의 상대는 검제 남궁호현이다. 그리고 그의 주위에는 호법원의 고수들이 즐비하지."

"하면 어쩌자는 것이오!"

빠직!

이러지도, 저러지도 못한 상태에서 따지기만 하는 도마군의 말에 거마군이 짜증내듯 소리쳤다. 그러자 도마군의 이마에 핏줄이 섰다.

"지금 나에게 신경질을 부리는 거냐?"

"죽기 일보직전인 지금 그게 중요하오!"

"물론이다. 너 따위가 감히 나와 맞먹으려 했으니까."

콰아앙!

도마군이 거칠게 도를 휘둘러 주변을 정리한 후 싸늘한 눈빛으로 거마군을 바라봤다. 하지만 평소라면 그 눈빛에 꼬리를 말 거마군이 지금은 두 눈을 똑바로 뜨고 그를 직시했다.

"참으로 대단하외다. 당장 죽을지도 모르는 이 상황에서 자존심이나 세우다니!"

"무인의 자존심은 목숨보다 더 중요하다."

"그럼 자존심을 세우며 이 자리에서 뒈져 버려라. 난 어떻게든 살아남을 테니까!"

거마군이 몸을 돌렸다. 언제 죽을지 모르는 상황에서 도마군과 말씨름을 하는 것보다는 한시라도 빨리 이 자리를 벗어나는 게 훨씬 나았기 때문이다. 한데 그는 갑자기 나타난 두 사람으로 인해 발을 뗄 수가 없었다.

"어딜 그렇게 가시나."

"허업!"

산들바람처럼 너무나 가볍게 바닥에 내려서는 두 사람의 모습을 본 거마군의 눈이 휘둥그레졌다. 정말 생각지도 못한 인물들이 나타났기에 놀란 것이다. 그리고 그것은 뒤에서 분노한 표정을 짓고 있던 도마군도 크게 다르지 않았다.

"아직 전쟁은 끝나지 않았는데."

"……보내주시면 안 되겠습니까?"

“정말 살고 싶은가 보군.”

강진혁은 비굴할 정도로 자신을 낮춘 모습으로 입을 여는 거마군을 바라보며 중얼거렸다. 예상 밖의 모습에 살짝 당황한 기색이었다. 하지만 이내 그는 수긍했다. 원래부터 그는 천마신교 소속이 아니었고, 본업이 산적이었기에 수긍이 되었던 것이다.

“이런 개죽음으로 제 인생을 마무리하고 싶지는 않습니다.”

“근데 살려주면 또 산적질할 거 같은데? 밑에 애들 모아서.”

“절대 그렇지 않습니다! 손을 씻고 조용히 살겠습니다!”

강진혁의 옆에 있던 반호성이 미심쩍은 기색으로 끼어들어 말을 하자 거마군이 황급히 입을 열었다. 하지만 그의 처절한 발언에도 불구하고 강진혁이나 반호성의 표정은 크게 달라지지 않았다.

“멍청한 놈. 저 두 녀석이 네놈을 살려둘 것 같으냐. 그것도 칠마군의 한자리를 차지하고 있는 너를.”

간절한 모습으로 강진혁을 바라보고 있던 거마군이 뒤에서 들려오는 살기 가득한 음성에 몸을 부르르 떨었다. 그러나 뒤를 돌아보지는 않았다. 굳이 확인하지 않아도 누가 말을 했는지 알 수 있었기 때문이다.

저벅저벅.

잠시 후 발걸음 소리가 들려왔다. 그리고 살짝 고민하는 듯한 모습을 보여주던 강진혁의 시선이 걸어오는 자에게로 향했다.

"오랜만이군, 신풍."

"그런 것 같군. 한데 위치는 그때와 많이 다르지?"

"아니라고는 말 못하겠군."

살짝 도발하는 듯한 강진혁의 말에 도마군이 무겁게 고개를 끄덕였다. 냉정하게 생각해 봤을 때 틀린 말이 아니었기 때문이다. 그렇기에 도마군은 진지한 얼굴로 인정했다.

"이곳에서 죽기로 마음먹은 것 같군."

"또다시 배신을 할 수는 없으니까. 그리고 전장에서 도망치는 것은 겁쟁이들만이 하는 짓이니까."

말을 마친 도마군이 힐끗 옆을 바라봤다. 그러자 그의 시선을 받은 서마군의 안면이 미약하게나마 굳어졌다. 아무리 철면피인 그라도 이런 식의 말은 모욕적이었기 때문이다. 하지만 그렇다고 따지지는 않았다. 지금 이 자리에서 생사에 관한 선택권을 가진 사람은 도마군이 아니라 다른 사람이었으므로.

"그러고 보니 궁금하긴 궁금하네. 왜 당신이 마종을 배신했는지가."

"남자로서 반했다고나 할까."

"무림일통이라는 원대한 야망에?"

"그렇다."

도마군이 정확하게 짚었다는 표정을 지으며 고개를 끄덕였다. 그에 강진혁 역시 수긍한 듯 고개를 주억거렸다. 패기로 가득 찼던 섭천화의 모습을 떠올리니 도마군이 매료된 것도 이상한 일은 아니었기 때문이다.

"하지만 아쉽게도 결과는 좋지 않군요."

"그런 셈이지. 하나 내 선택에 후회는 없다."

반호성의 말에 도마군은 조금의 망설임도 없이 대답했다. 하지만 거마군은 도마군과 생각이 많이 다른 듯 퉁방울만 한 눈을 쉼 없이 굴려댔다.

"그렇다면 죽어도 여한은 없겠군."

"그러나 쉽게 죽어줄 생각은 눈곱만큼도 없다."

"그러시겠지."

도마군이 자세를 가다듬었다. 죽음을 앞두고 임전무퇴의 자세로 싸움을 준비하는 것이었다. 그러나 그의 앞에 선 강진혁이나 반호성은 조금도 움직이지 않았다.

"넌 어떻게 할 생각이지?"

"보내주시면 감사히 이 자리를 뜨겠습니다!"

무서운 집중력을 보이며 마기를 뿌리는 도마군을 일별한

강진혁이 거마군을 바라봤다. 그러자 거마군이 비굴한 웃음을 흘리며 대답했다.

"수하들도 버리고?"

"어차피 각자의 인생이지 않습니까. 제가 굳이 안 챙겨도 지들이 알아서 살아남을 겁니다."

"허허허."

반호성이 어처구니없다는 듯이 웃음을 흘렸다. 가만히 들어보니 정말 가관이었던 것이다. 그리고 그것은 도마군도 마찬가지인지 집중력이 순간적으로 크게 흔들렸다.

"삶에 대한 집착이 대단하군. 그런데 이걸 어쩌지. 당신을 살려두기에는 그동안 저지른 악행이 너무 큰데."

"에잇!"

눈치를 보아하니 몸 성히 살려줄 것 같지 않자 거마군이 냅다 등을 돌리고 땅을 박찼다. 이왕 이렇게 된 거 허를 찌르는 움직임으로 노망칠 생각인 듯싶었다. 하지만 상대가 너무 나빴다.

피이잉!

가벼운 파공성과 함께 미친 듯이 달려가던 거마군이 꼬꾸라졌다. 종아리에 관통상을 입었기에 바닥을 구른 것이었다.

"어리석은 놈!"

꼴사납게 바닥에 꼬꾸라진 거마군의 모습에 도마군이 혀

를 차며 달려들었다. 목표는 가장 가까이에 있는 반호성. 한 번 상대해 본 강진혁보다는 아무래도 반호성이 기습하기에 좀 더 쉬울 거라 생각한 것 같았다.

"남을 뭐라 할 처지가 아닌 듯싶은데."

쌔애애애액!

거마군의 도가 맹렬한 기세로 덮쳐왔다. 그러나 반호성은 그것을 보고도 별다른 움직임을 보이지 않았다. 그저 심드렁한 표정으로 거마군의 참격을 바라보기만 했다.

'됐다!'

그 모습에 거마군이 눈을 빛냈다. 잘하면 이번 공격으로 반호성에게 치명적인 상처를 입힐 수도 있을 것만 같아서였다. 하지만 그러한 생각은 창졸간뿐이었다.

터어엉!

"천마신교주도 뚫지 못한 호신강기를 당신이 뚫을 수 있을 거라 생각한 겁니까?"

"으음!"

도마군의 얼굴이 딱딱하게 경직되었다. 혼신의 힘을 다한 일격이 너무나 무력하게 막히자 순간적으로 당황한 것이었다. 그러나 괜히 칠마군이 아니라는 듯 도마군은 이내 평정심을 되찾고 폭풍 같은 공세를 펼쳤다. 그러자 반호성의 주위가 순식간에 쑥대밭으로 변했다.

콰콰콰쾅!

전심전력을 다한 공격에 주변이 남아나질 않았다. 어차피 죽음을 각오했기에 도마군은 마기를 아끼지 않았다. 모든 것을 지금 이 자리에서 쏟아부었다. 하지만 현실은 냉혹했다.

"허억! 허억! 헉!"

자신이 가진 모든 것을 모조리 쏟아부었음에도 불구하고 반호성은 멀쩡했다. 심지어 호신강기에 생채기 하나 생기지 않았다. 그에 도마군이 허탈한 웃음을 흘렸다. 그래도 약간은 피해를 줄 수 있을 거라 생각했는데 전혀 그렇지 않아서였다.

"잘 봤습니다, 당신의 무공."

"후후후! 그래도 미련 없이 보내주는군."

"적어도 저런 자보다는 나으니까요."

제자리에 가만히 서서 도마군의 모든 무공을 오롯이 받아주었던 반호성이 힐끗 한곳을 바라봤다. 바로 거마군이 있는 곳이었다.

"너무나 당연한 소리를 하는군."

"이만 끝을 내죠."

"죽여라."

반호성의 말이 끝나기 무섭게 도마군이 자신의 애병을 편하게 늘어뜨렸다. 더 이상의 미련이 없기에 죽음을 순순히 받아들이는 모습이었다.

“잘 가시길.”

서걱.

죽음을 앞두고 스스로의 삶을 되돌아보는 듯 두 눈을 감고 있는 도마군을 향해 반호성이 여명검을 휘둘렀다. 그러자 그의 수급이 바닥으로 떨어졌다.

“이제 당신 차례군요.”

“히이익!”

깔끔할 정도로 시원스럽게 도마군의 목을 베어낸 반호성이 고개를 돌려 거마군을 바라봤다. 그러자 바닥에 주저앉아 있던 거마군이 식겁한 표정을 지었다.

“참 보면 볼수록 칠마군답지 않네.”

“어차피 정통 마인이 아니니까.”

“하긴. 원래 빈자리를 메꾸기 위해 데려온 사람이니.”

반호성과 강진혁이 대화하며 거마군의 앞으로 천천히 다가갔다. 그러자 거마군이 어기적거리며 뒤로 물러났다. 어떻게든 두 사람에게서 벗어나려 하는 것이었다. 그러나 그와 같은 행동은 부질없는 짓이었다. 멀쩡했을 때도 도망치지 못했는데 부상까지 입은 지금은 더욱 가능성이 없었다.

“사, 살려주십시오!”

거마군이 정말 애처롭게, 동정을 바라는 모습으로 간절하게 부탁해 왔다. 하지만 그럼에도 강진혁이나 반호성의 눈빛은 차가웠다.

“그런 말이 잘도 입에서 나오는군.”

“살려주시면 정말 개과천선해서 살겠습니다! 쌓은 악행만큼 선행을 하며…….”

“시끄럽다.”

투욱!

거마군의 말이 중간에 끊겼다. 하고 싶은 말은 아직 많이 남았지만 할 수가 없어서였다. 그렇기에 거마군은 금방이라도 말을 할 것 같은 표정으로 사망했다.

“역시 거침이 없구만.”

“쓰잘데기 없는 일에 시간을 쓰는 건 낭비이니까.”

“그렇긴 하지. 그나저나 이 전쟁도 끝을 향해 가네.”

거마군의 시체를 무심히 일별한 강진혁이 고개를 돌렸다. 그러자 반호성의 말미따나 전투기 거의 끝나가는 게 보였다.

“다행히 큰 피해 없이 마무리되는 것 같네.”

“다 네 덕분이다.”

“알면 보답을 해.”

“하하핫!”

진지한 얼굴로 대가를 요구하는 강진혁의 말에 반호성이 웃음을 터트렸다. 상반된 표정과 말투에 저도 모르게 웃음이 나온 것이었다.

"어떻게 하면 되겠어?"

"무인이 아닌 사람들에게 신경 좀 써 줘. 정마대전에서 피해를 입었다고 나 몰라라 하지 말고. 그리고 너무 착취하지 말고."

"각 문파에 천의맹주의 이름으로 공문을 보내마. 이 정도면 나쁘지 않지?"

"충분해. 나머지는 내가 알아서 할 테니까."

강진혁이 의미심장한 미소를 지었다. 그에 반호성이 살짝 흠칫했다. 왜냐하면 강진혁의 말은 듣기에 따라서는 상당히 위험한 발언이었기 때문이다. 하지만 이내 그는 신경을 꺼버렸다. 강진혁 정도의 무인이 마음먹고 날뛴다면 현 강호에서 그를 말릴 수 있는 사람은 아무도 없었으므로.

"근데 안 나서도 되겠어? 나야 어차피 손님이라 하지만 넌 맹주인데."

"괜찮아. 전투도 거의 마무리되어 가는 시점이고, 저들도 승리했다는 사실을 충분히 느낄 필요가 있으니."

"호오. 많이 컸군. 그런 것까지 신경 쓸 줄 알고."

"자리가 사람을 만드는 법이거든."

강진혁이 의외라는 듯이 말하자 반호성이 살짝 거들먹거리는 듯한 모습으로 대답했다.

"뭐, 그런가 보군."

“……대답이 너무 시원찮은데?”

“그럼 감탄을 해야 하나?”

“그러면 나야 좋지.”

반호성이 눈을 빛내며 기대하는 표정을 지었다. 하지만 끝내 강진혁에게서 그가 원하는 말은 나오지 않았다. 그가 이렇게까지 말했음에도 강진혁은 말을 잇지 않았던 것이다.

“우와아아!”

“이겼다! 우리가 이겼다!”

“백도의 승리다!”

잠시 후 사방에서 환호성을 비롯한 함성이 터져 나왔다. 천의맹의 무인들이 승리에 취해 포효하기 시작한 것이다. 그리고 그것은 구대문파의 장문인들이라고 해서 다르지 않았다. 그들 역시 일반 무인들과 마찬가지로 승리했다는 사실에 순수하게 기뻐하며 자파의 제자들과 어울렸다.

第八十一章
세상에 부는 바람

천마신교가 일으킨 정마대전이 끝난 지도 벌써 삼 년이 지
났다. 짧다면 짧고, 길다면 긴 시간인 삼 년 동안 중원 무림에
는 참으로 많은 변화가 있었다. 가장 먼저 마도의 세력이 크
게 위축되었다. 아무래도 마도의 정점이라 할 수 있는 천마신
교가 대패했기에 나타난 변화였다. 그리고 자연스럽게 백도
의 영향력이 커졌다. 정마대전에 승리하기도 했고, 마도의 세
력이 전체적으로 약화되었기에 일어난 변화였다. 하지만 그
렇다고 백도가 중원 무림을 전부 차지한 것은 아니었다. 정마
대전 동안 꼭꼭 숨어 있던 사도가 마도와 백도의 세력이 약화

된 틈을 타 발 빠르게 세력을 확장했기에 현재는 백도와 사도로 크게 양분된 상태였다.

타다다닷!

백도의 영향력보다는 사도의 영향력이 조금 더 큰 복건성 복주(福州)의 한 거리에서 다급한 뜀박질 소리가 들려왔다. 어둑해지는 하늘을 등에 짊어멘 듯 고단한 표정의 소년은 정말 악착같은 기세로 달렸다. 잠시 후 소년은 다 허물어져 가는 집에 도착했다.

"뭐야? 시간을 하루나 주었는데도 고작 이거밖에 못 벌었어? 지금 장난하는 거냐, 이년아!"

"죄, 죄송합니다."

"죄송하다면 다야? 다냐고? 돈을 빌렸으면 갚아야지! 앙?"

"내, 내일까지는 반드시 준비해 놓겠습니다. 그러니 오늘만은……."

쫘악!

두 무릎을 꿇고서 두 남자에게 연신 고개를 숙이며 말을 잇던 삼십대 후반의 여인이 뒤로 자빠졌다. 그러자 곁에서 울 듯한 표정으로 눈치를 살피던 열 살 남짓한 소녀가 화들짝 놀라며 어미에게 달라붙었다.

"엄마!"

"괜찮아. 엄마는 괜찮아."

얼굴 가득 놀란 기색이 완연한 딸의 모습에 중년 여인이 애써 웃음을 지었다. 하지만 장한의 손찌검으로 인해 그녀의 한쪽 볼은 심하게 부어오른 상태였다.

"당연히 괜찮아야지. 힘도 별로 안 줬는데."

"그래도 조심하라고. 이런 년들은 속이 곯아 있어서 자칫 잘못했다간 뒤진다고. 그러면 우리만 손해야. 수금을 할 수가 없으니."

"그때에는 이 어린년이라도 기루에 팔아야지. 미색은 별로지만, 그래도 돈은 벌 수 있을 테니까."

두 남자가 낄낄거리며 마치 품평이라도 하듯 소녀를 위아래로 훑어봤다. 그러자 소녀가 몸을 부르르 떨면서 어미 뒤로 몸을 숨겼다. 나이는 어려도 남자들이 무슨 말을 하는지 의미는 다 알았기에 몸을 피한 것이었다.

"잠깐만요!"

"응?"

아직 앳된 소녀를 음흉한 눈빛으로 바라보던 두 장한이 툭치면 바스러질 대문에서 들려오는 음성에 반사적으로 고개를 돌렸다. 그러자 이 집의 가장이자 유일한 남자인 장남이 들어오는 게 눈에 들어왔다.

"오늘 갚아야 할 이자를 가져왔습니다!"

"호오. 그래?"

"예! 여기 있습니다!"

얼마나 열심히 달려왔는지 온몸이 땀범벅인 소년이 작디작은 전낭에서 돈을 꺼내 남자들에게 건넸다. 그런데 손때가 잔뜩 묻은 철문을 받아든 장한들의 표정이 이상했다.

"진짜 이자만 가져왔군."

"원금은 도대체 언제 갚을 거냐?"

"그것은… 최대한 서둘러 갚겠습니다."

"그러니까 언제?"

소년이 가져온 철문을 주머니에 대충 쑤셔 넣은 장한이 윽박지르듯 말하며 소년에게 다가왔다. 그러자 거대한 음영이 소년을 삼켜 버렸다.

"정확한 시일은 말씀드릴 수 없으나……"

퍼억!

"어린 새끼가 나쁜 것만 배웠네? 어른이 물었으면 신속하고 정확하게 대답해야지 말끝을 흐려?"

"으읔!"

생각지도 못한 순간에 파고드는 장한의 발길질에 소년이 바닥에 나뒹굴었다. 하지만 지켜보고 있는 어미나 여동생은 감히 나서지 못했다. 장한의 기세가 너무나 흉포했기에 감히 나설 생각이 들지 못했던 것이다. 그리고 혹여나 자신들이 나서는 게 장한의 성질을 더욱 자극할까 싶어 두 사람은 전전긍

궁하기만 할 뿐 자리에서 움직이지는 않았다.

"그동안 너무 좋게만 말해서 간댕이가 부었지? 응? 우리가 너무 잘해줘서 말이야."

"아, 아닙니다."

"뭐? 아니라고? 그럼 우리가 겁나 재수 없게 굴었다는 말이네?"

"그게, 그러니까……."

소년이 어쩔 줄을 몰라 했다. 아무리 성숙한 소년이라도 이처럼 말꼬리를 잡고 늘어지자 어떻게 대처해야 감이 잡히지 않았던 것이다. 그런데 그 모습이 장한들은 재미있는 모양인지 히죽거리며 웃고 있었다.

"이 녀석 재미있네. 놀리는 재미가 있어."

"놀리는 건 그쯤하고 얼른 일 끝내자고. 수금하러 갈 곳이 얼마나 많은데."

"아아, 알고 있어. 너무 독촉하지 마."

등 뒤에서 들려오는 동료의 음성에 소년 앞에 서 있던 남자가 고개를 주억거렸다. 그리고는 다시 험악한 표정을 지으며 소년을 내려다봤다.

"시간은 내일까지다. 그러니 무슨 수를 써서라도 내일까지 돈을 마련해 놔. 그렇지 않으면 계약서에 명시된 내용을 우리는 그대로 이행할 테니까."

"그 많은 돈을 어떻게 하루 만에 마련합니까?"

소년이 화들짝 놀랐다. 이자를 마련하는 것도 엄청나게 힘들었는데 그것에 몇 배나 되는 원금을 하루 만에 갚으라고 하자 눈앞이 깜깜해졌다. 그래서 소년은 불가능한 일이라는 듯이 말했다.

"그건 네가 알아서 해야지. 채무자가 말이야."

"시, 시일을 좀 더 주시면……."

"닥쳐 이년아! 이 정도 시간이면 충분하지 뭔 시간이 더 필요해! 하루 더 주는 걸 감사히 여기지는 못할망정!"

"윽!"

조용히 대화를 듣고 있던 중년 여인이 조심스럽게 나섰다가 장한의 발길질에 배를 부여잡고 쓰러졌다. 그러자 소년이 깜짝 놀라며 어미에게 달려갔다. 하지만 장한들은 그 모습을 보고도 미안해하는 기색은커녕 오히려 웃고만 있었다.

"미리 말해두는데, 허튼 생각은 하지 않는 게 좋아. 우리 독사파는 결코 채무자를 놓지 않으니까."

"혹시나 궁금하면 시도해 봐도 돼. 우리로서는 그것도 나쁘지 않으니까. 크크큭!"

"으음!"

소년의 표정이 참혹하게 일그러졌다. 저런 자들이 어떻게 사람의 탈을 쓰고 있나 싶었던 것이다. 하지만 그러한 생각은 창졸간에 사라졌다. 지금은 그런 생각을 하는 것조차 사치였다. 어떻게든 돈을 마련하는 게 우선이었다. 그래서 소년은 이를 악물고 돈을 마련할 방법을 궁리했다.

"정 돈을 못 구하겠으면 몸이라도 팔아. 혹시 알아? 네년 같은 취향의 남자가 있을지."

"아니면 딸이라도 팔든지. 옆 옆집의 곽 가는 첫째 딸을 유곽에 팔아서 돈을 갚았으니까."

두 남자가 낄낄거리며 말했다. 하지만 소년을 비롯한 어미와 여동생은 웃을 수가 없었다. 저들이야 아무렇게나 말할 수 있지만 채무의 의무가 있는 세 가족은 그렇지 않았기 때문이다. 그래서 어미의 표정이 창백해졌다.

"그러길래 왜 돈을 빌렸어. 고리대금이 무섭다는 걸 주변에서 많이 들었을 텐데."

"빌릴 수밖에 없었지. 왜냐하면 딸내미가 아팠으니까."

말을 한 남자의 시선이 아지도 어미의 등에 숨어 고개민 빼꼼히 내밀고 있는 소녀에게 향했다. 그러자 눈이 마주친 소녀가 번개같이 시선을 피했다. 하지만 그런 모습에도 남자는 오히려 키득거렸다. 자신을 두려워하는 모습을 보니 묘하게 기분이 좋았던 것이다.

"돈은…… 꼭 갚겠습니다."

"좋은 자세야. 그리고 꼭 이루어졌으면 좋겠군. 우리도 이런 냄새나는 집구석에 더 찾아오고 싶지는 않으니까.”

“…….”

무언가 결심한 표정으로 입을 연 어미의 말에 오른쪽 눈가에 콩알만 한 사마귀가 있는 남자가 이죽거리며 대답했다. 하지만 그럼에도 어미는 별다른 말을 하지 않았다. 다만 지금까지와는 다른 눈빛을 보였다.

“참 소년 가장.”

“……예.”

어미를 일별한 남자가 고개를 돌려 억울한 듯 두 주먹을 불끈 쥐고 있는 소년을 바라봤다. 그러자 소년이 이를 악문 모습으로 고개를 들어 남자를 바라봤다.

“너무 억울해하지 마라. 어차피 세상은 없는 자들에게 잔인한 법이니까. 그러니 그냥 받아들여라. 네가 아무리 발버둥 쳐봤자 달라지는 것은 없다.”

“크크큭! 역시 넌 잔인해. 이제 열 살 남짓한 아이에게 그런 냉혹한 현실을 가르치다니.”

“일찍 알아서 나쁠 것은 없으니까. 그리고 알고 있어야 우리가 편하지.”

“그건 그렇지.”

옆에 있던 남자가 고개를 주억거렸다. 그가 생각하기에도 동료의 말이 틀린 말은 아니었기 때문이다.

"……명심하지요."

"좋아. 그럼 내일까지 돈을 마련해 놓도록. 이왕이면 이자 말고 원금으로 말이야."

"……예."

"안 그럼 내일은 좀 슬픈 일이 벌어질 거다. 아주 슬프고 힘겨운. 흐흐흐."

음흉한 사내들의 눈빛이 어미와 여동생에게 향했다. 굳이 듣지 않아도 충분히 뜻을 짐작해 낼 수 있는 눈빛이. 그래서 소년은 두 눈을 질끈 감았다. 저 모습을 계속 지켜보고 있으면 자기 자신을 다스릴 수가 없을 것 같아서.

부르르!

두 눈을 감아서 그런지 온몸의 떨림이 너무나 세세하게 느껴졌다. 그리고 남자들을 향한, 독사파를 향한, 세상을 향한 분노가 거대하게 일어났다. 마치 폭발 직전의 화산처럼.

"세상은 참 불공평하지. 가뜩이나 가진 게 없는데 더 빼앗아가려 하니 말이야."

"음?"

"어디서 들려오는 소리야?"

소년이 가슴속에서 끓어오르는 분노를 애써 삭이고 있을 때 한줄기 음성이 마당 안에 울려 퍼졌다. 그것도 너무나 선명해서 가슴에 깊게 박히는 음성이.

투욱.

갑자기 들려오는 음성에 모두가 두리번거릴 때 한 명의 인영이 바닥에 내려섰다. 마치 처음부터 이 자리에 있었던 것처럼 너무나 자연스럽게.

"도대체 어디서 나타난 거지?"

느닷없이 나타난 청년의 모습에 사마귀가 있는 남자가 눈살을 찌푸리며 중얼거렸다. 그러나 그의 말에 대답하는 사람은 아무도 없었다. 다들 청년이 어디서, 어떻게 왔는지 몰랐기에 말을 할 수 없었던 것이다.

스윽.

모두가 멍해 있을 때 청년의 고개가 움직였다. 정확히 소년이 있는 쪽으로. 그러자 소년이 살짝 놀란 표정을 지었다. 갑자기 자신을 쳐다보니 당황한 것이었다.

"그렇게 생각하지 않아?"

"그, 그게 무슨 말씀이세요?"

왠지 모르게 대하기 어려운 분위기를 풍기는 청년의 질문에 소년이 당황함이 가득한 얼굴로 대답했다. 한데 청년은 그런 모습을 보고 미소 지었다.

"지금 이 상황 말이야."

빙그레 웃는 얼굴로 청년이 대답했다. 하지만 소년은 여전히 말귀를 알아듣지 못한 듯 어리둥절한 표정만 지었다. 그런데 그때 방해꾼이 끼어들었다.

"어이, 너! 어디서 나타난 거야?"

"시끄럽군."

"뭐라?"

소년에게는 한없이 부드러운 얼굴로 대했던 청년의 표정이 삽시간에 싸늘하게 변했다. 그뿐만 아니라 눈빛 역시 달라졌다. 하지만 얼굴에 사마귀가 난 남자는 그것을 알아차리지 못한 듯 얼굴을 있는 대로 찡그리며 거칠게 소리쳤다.

"귀머거리였나?"

"이 새끼가 보자보자 하니까!"

건들거리는 듯한 청년의 말투에 남자가 흥분하며 다가왔다. 하지만 그럼에도 불구하고 청년의 표정은 변화가 없었다. 당장에라도 남자가 한 대 칠 기세로 다가왔는데 말이다.

"더 이상 움직이지 않는 게 좋아."

"흥! 어쭙잖은 허세가 통할 거라 생각하느냐!"

쉬이익!

흉포한 기세로 다가왔던 남자가 한 치의 망설임도 없이 청년을 향해 주먹을 뻗었다. 그러자 주먹에서 제법 묵직한 파공성이 흘러나왔다.

퍽!

하나 남자의 주먹은 청년의 얼굴에 닿지 못했다. 느닷없이 나타난 청년처럼 갑자기 끼어든 손에 의해 가로막혔기 때문이다.

"넌 또 뭐야?"

어디서 나타났는지 귀신처럼 나타난 소년의 모습에 남자가 얼굴을 있는 대로 일그러뜨리며 물었다. 하지만 새로이 등장한 십대 중반의 소년은 아무런 대꾸도 없이 묵묵히 남자의 주먹만 잡고 있었다.

"저 자식은 알까? 지금 누구에게 주먹을 휘두른 건지?"

"알면 저렇게 서 있기나 하겠어? 이미 진작에 오줌을 지렸지."

"나 그거 보고 싶어."

갑자기 주변이 시끄러워졌다. 그에 두 남자가 눈을 끔뻑거리며 주변을 둘러봤다. 그러자 아직은 어린 태가 나는 아이들과 헌칠한 장정 한 명이 눈에 들어왔다.

"뭐가 어떻게 흘러가는 거야?"

"대체 어디서 나타난 거지?"

갑자기 나타난 남자와 아이들의 모습에 두 남자가 멍한 표정을 지으며 중얼거렸다. 그들로서는 지금의 상황이 이해가 되지 않았던 것이다.

"지금 그게 중요한 게 아닐 텐데?"

주먹이 막힌 후 들려왔던 소녀의 음성이 두 남자의 귓전에 파고들었다. 그런데 말투가 상당히 비아냥거리는 어조였다. 그래서 사마귀가 있는 남자가 매서운 눈길로 소녀를 노려봤다.

"말투가 상당히 건방지구나, 계집."

"흥! 노려보면 어쩔 건데? 운해 오라버니의 손에서 벗어나지도 못하는 주제에."

남자가 두 눈을 부라렸다. 하지만 소녀는 그런 남자의 강렬한 눈빛에도 전혀 겁먹은 기색을 보이지 않았다. 되레 콧방귀를 끼었다.

"이 계집년이……!"

"말조심해라. 너 따위가 감히 계집이라 부를 만한 아이가 아니니까."

우드득!

사마귀 남자의 주먹을 붙잡고 있던 소년, 황운해가 무표정한 얼굴로 말을 하며 손아귀에 힘을 주었다. 그러자 뼈가 우그러지는 듯한 소리가 나며 사마귀 남자의 얼굴이 고통스럽게 변했다.

"아아악!"

"멈추지 못해!"

동료인 추삼이 고통스러운 비명을 지르자 옆에 있던 마덕이 흥분하며 달려들었다. 하지만 제법 각이 잡힌 그의 주먹질은 운해에게 닿지 못했다. 놀랍게도 운해는 한 손으로 추삼을 잡고 있는 상태에서 마덕의 주먹을 피해냈던 것이다.

"역시 딱 뒷골목 왈패의 수준이네."

"이 새끼가!"

마덕의 공격이 실패하자 황운월이 팔짱을 끼고서 비아냥거렸다. 역시나 기대를 벗어나지 않는 마덕의 모습에 조소가 절로 나왔던 것이다.

"살살 다뤄라. 계약서를 받아야 하니까."

"예, 형님."

고통스러워하는 추삼을 대충 던져 놓고 마덕의 멱살을 잡아가던 황운해가 뒤에서 들려오는 강진혁의 음성에 짧게 대답하며 부드럽게 팔을 들어 올렸다. 그러자 그의 손에 멱살이 잡힌 마덕이 너무나 가볍게 허공에 들려지며 이내 바닥에 떨어졌다.

쿠웅!

"컥!"

등에서 느껴지는 강렬한 충격에 마덕이 저도 모르게 신음을 흘렸다. 하지만 이것은 시작에 불과했다.

저벅저벅.

각자 다른 부위에서 느껴지는 고통으로 인해 바닥에 축 늘어져 있던 두 사람의 귓가로 누군가가 걸어오는 소리가 들렸다. 그에 두 사람이 얼굴 가득 인상을 쓴 모습으로 고개를 들어 다가오는 사람을 바라봤다.

"혹시 지금 계약서 있나?"

"무, 무슨 계약서를 말하는 거냐?"

퍼억!

입을 열었던 추삼이 뒤로 나자빠졌다. 언제 나타난 것인지 황운월이 다가와 냅다 발길질을 한 것이었다. 한데 힘이 상당했던 모양인지 추삼은 온몸을 바르르 떨며 일어나질 못했다.

"좀 심한 것 같다?"

"헤헤헤."

도무지 일어날 기미를 보이지 않는 추삼의 모습에 강진혁이 혀를 차며 말했다. 그러자 황운월이 조금은 민망한 표정을 지으며 웃었다. 하지만 미안한 기색은 전혀 없었다.

"언니!"

"으음. 조금 조신하지 못했나?"

"그걸 말이라고 해요?"

강진혁과 황운월의 곁으로 조금은 숙녀 태가 나는 형문설이 다가왔다. 사부를 닮아 새하얀 백의경장이 너무나 잘 어울리는. 그래서 그런지 여전히 멍한 표정으로 있던 소년의 눈이 화등잔만 하게 커졌다. 왠지 모르게 빛이 나는 것 같은 형문설의 모습에 넋이 나간 것이었다. 하지만 다행스럽게도 그 모습을 본 사람은 아무도 없었다.

"뭐, 그래도 한 명이 더 남아 있으니까."

"딸꾹!"

강진혁의 말에 마덕이 갑자기 딸꾹질을 해댔다. 엄습해 오는 두려움에 몸이 먼저 반응한 것이었다.

"자, 다시 묻지. 계약서를 가지고 있나?"

"어, 없습니다."

"진짜로?"

"예, 예!"

기합이 바짝 든 얼굴로 마덕이 대답했다. 하지만 그의 말에도 불구하고 강진혁은 그다지 믿는 표정이 아니었다. 대신 누군가를 바라봤다.

"미리 말해두는데, 뒤져서 나오면 죽도록 맞는다."

"히익!"

강진혁의 눈빛을 받은 황운일이 차가운 안광을 뿌리며 나지막하게 말했다. 그러자 마덕이 뱀 앞의 생쥐처럼 꼼짝 못하는 모습을 보였다. 나이로 따지면 황운일이 한참이나 어렸는데 말이다.

"다시 한 번 묻겠다. 계약서는?"

"여, 여기 있습니다!"

이제 갓 스무 살이 된 황운일은 벌써부터 남자다운 모습을 강렬하게 풍기고 있었다. 그래서 그런지 그를 바라보는 형문설의 눈빛이 심상치 않았다. 은연중에 황운일을 유심히 바라보고 있었던 것이다. 하지만 황운일은 그 사실을 모르는지 마덕이 품속에서 꺼내는 꼬깃꼬깃한 종이를 천천히 펼쳤다.

"이름이 어떻게 되니?"

"저, 저요?"

"그래."

황운일이 마덕을 대할 때와는 사뭇 다른 부드러운 음성으로 물었다. 하지만 호의적인 황운일의 음성에도 소년은 경계 섞인 눈빛을 풀지 않았다. 자신의 가족을 도와주었다고는 하나 정체를 알 수 없는 사람들이었기에 경계하는 것이었다.

"그건 왜 물으시는 거죠?"

"그야 확인하기 위해서지."

"왜…… 저희를 도와주시는 거죠?"

나이는 어려도 세상을 알 만큼 아는 소년이었다. 때문에 소년은 경계심이 가득한 눈빛으로 황운일을 바라봤다.

"이게 옳은 일이니까."

"예?"

소년이 당혹스러운 표정을 지었다. 세상이 절대 옳고 그름으로 흘러가지 않는다는 사실을 알기에 저도 모르게 반문한 것이었다. 한데 황운일은 그런 소년의 마음을 다 안다는 듯이 빙긋 웃었다.

"이 계약서가 옳지 않기에 도와주는 것뿐이다. 그 외의 이유는 없다."

"단순히 그러한 이유 때문에 도와주는 것이라고요?"

"왜 믿기지가 않아?"

소년이 살짝 멍한 표정으로 고개를 끄덕였다. 그가 지금껏 보아온 수많은 사람 중에 이런 사람들은 없었기에 이 상황을 어떻게 받아들여야 하는지 좀처럼 감이 잡히질 않았다. 다만 한 가지만은 확실하게 느껴졌다. 이들은 진실되다는 사실을.

"세상은 바뀔 거다. 지금까지와는 다르게. 물론 한꺼번에 확 바뀌진 않을 거야. 하지만 조금씩, 조금씩 더 나아지고 살기 좋아질 거다."

지이익!

황운일은 계약서를 과감하게 찢어버렸다. 그러자 계약서를 건넸던 마덕의 눈이 크게 떠졌다. 돈을 빌린 내용이 적힌 계약서가 찢어진 이상 앞으로는 원금은 물론이고 이자를 받아낼 수 없었기 때문이다.

"아아!"

"그러니 앞으로는 오직 너와 가족을 위해서만 살아. 되도록 이런 더러운 돈을 빌리지 말고."

"불합리한 일이 있으면 호풍회를 찾아. 잘 찾아보면 분명히 어딘가에는 있을 테니까."

황운월이 씨익 웃으며 큰오빠의 말을 이었다. 하지만 소년은 여전히 어리둥절한 표정을 짓고 있었다. 분명 좋은 일이 일어난 것은 맞는데 이걸 어떻게 받아들여야 할지 모르겠다는 표정이었다.

"쉽게 생각해. 악몽이 끝났다고."

"아!"

멍한 표정으로 눈을 껌뻑거리기만 하던 소년이 어깨에서 느껴지는 따뜻한 손길에 고개를 돌렸다. 그러자 가장 먼저 그의 집에 모습을 드러냈던 이십대 후반의 청년이 따스한 미소를 짓고 있는 게 눈에 들어왔다.

"그리고 뒷일은 걱정하지 않아도 돼. 독사파가 찾아올 일은 앞으로 없을 테니까."

"가, 감사합니다! 정말 감사합니다!"

"감사합니다!"

소년이 머리가 땅에 닿을 정도로 허리를 굽혔다. 이제야 모든 상황이 일목요연하게 이해가 된 것이었다. 그래서 소년은 고마운 마음을 가득 담아 소리쳤다. 그러자 여동생도 그를 따라서 머리를 깊게 숙였다.

"정말 감사합니다, 대인."

뒤이어 남매의 어미가 촉촉하게 젖은 눈동자로 감사의 말을 전해왔다. 그에 강진혁은 빙그레 웃으며 그녀의 사의를 받아주었다.

"저기 은혜를 갚으려면 어떻게 해야 하나요? 지금 당장은 힘들고 나중에는 꼭 갚고 싶은데……."

"흐음. 보은이라……."

소년이 초롱초롱 빛나는 눈으로 강진혁을 바라봤다. 그에 강진혁이 말끝을 흐렸다.

"시, 싫으세요?"

곧바로 대답하지 않는 강진혁의 모습에 소년이 안절부절 못하는 모습을 보였다. 혹시라도 자신이 주제넘은 말을 한 것은 아닐까 싶었던 것이다. 한데 고민하는 듯한 모습을 보이던 강진혁이 씨익 웃으며 소년과 눈높이를 맞췄다.

"은혜를 갚고 싶다고?"

"예!"

"그럼 주위에 관심을 가져주렴. 힘들어하는 사람이 있으면 도와주고. 네가 지금 도움을 받은 것처럼."

소년의 동공이 커졌다. 생각지도 못한 말에 놀란 것이었다. 그리고 그것은 소년의 여동생과 어미도 마찬가지였다. 금전적인 것까지는 아니더라도 다른 것을 요구할 줄 알았는데 그러지 않아서 두 사람은 크게 놀랐다.

"정말 그거면 돼요?"

“그래. 적어도 나는 그거면 충분하다.”

“저희도 마찬가지예요.”

“들었지?”

강진혁의 말이 끝나기 무섭게 황운일이 이어서 대답하자 소년이 고개를 크게 끄덕였다. 반드시 그렇게 하겠다고 대답한 것이었다. 그러자 강진혁이 웃으며 소년의 머리를 쓰다듬어 주었다.

“그럼 약속을 지킬 거라 믿고 이 형은 이만 가마.”

“벌써 가시게요? 식사라도 하고…….”

“그러고 싶지만 아직 해야 할 일이 끝나지 않아서 말이다.”

소년이 아쉬운 듯 강진혁의 손을 붙잡았다. 하지만 강진혁의 시선이 마덕과 추삼에게 향하자 무엇을 하려는지 깨달은 듯 붙잡은 손을 놓았다.

“또 만날 수 있을까요?”

“한 번 맺어진 인연은 의외로 질기단다.”

소년의 얼굴이 밝아졌다. 강진혁의 말에서 원하는 대답을 들을 수 있어서였다.

“자, 가자!”

“예!”

소년과 짧은 눈인사를 마친 강진혁이 몸을 돌렸다. 그러자 위지명을 비롯한 아이들이 동시에 대답하며 그를 따라 움직였다. 나타났을 때와 마찬가지로 바람 같은 움직임이었다.

"아, 이름을 안 물어봤다……."

순식간에 멀어진 강진혁 일행을 바라보며 소년이 중얼거렸다. 그런데 소년의 시선이 향한 곳은 강진혁이 아니었다. 새하얀 백의가 너무나 잘 어울리는 소녀에게 향해 있었다.

"나중에 또 볼 일이 있을 거야. 대인께서 말했듯이."

"그렇겠지?"

"응!"

소년은 여동생의 말에 건성으로 대답하며 여전히 한곳만 바라봤다. 아쉬움이 가득 담긴 눈빛으로.

탁탁탁.

더위 때문인지 활짝 열린 창문 안에서 다급함이 느껴지는 두드림 소리가 들려왔다. 그리고 깊은 한숨 소리도 뒤이어 들렸다.

"좋지 않아. 이대로는 좋지 않아."

시원하지 않은 바람을 맞으며 얼굴에 곰보가 가득한 중년인이 얼굴을 딱딱하게 굳히며 중얼거렸다. 표정으로 보아 무언가 심각한 문제가 있는 듯싶었다.

"어째서 수금이 이 정도밖에 안 된 거지?"

중년인이 경직된 얼굴로 장부를 다시 한 번 살펴봤다. 하지만 다시 계산해 봐도 금액은 처음과 똑같았다. 실수는 없었다. 그래서 중년인은 답답한 표정을 지었다. 이대로는 명왕곡(冥王谷)에 상납해야 할 돈이 너무나 부족했다.

"혹시 누가 중간에서 가로챘나?"

장부를 한참이나 노려보던 중년인이 미심쩍은 표정을 지으며 중얼거렸다. 막상 입 밖으로 꺼내놓고 보니 의심 가는 인물이 한둘이 아니었던 까닭이다.

"아무래도 한번 조사를 해야겠어. 비밀리에."

"안 됐지만 그 일은 할 수 없을 것 같은데."

"누구냐!"

갑자기 들려오는 음성에 중년인이 깜짝 놀라며 소리쳤다. 그러면서 재빠르게 몸을 놀려 벽에 등을 붙였다. 혹시라도 있을 기습에 대비해 뒤를 사수한 것이었다. 하지만 아쉽게도 그가 예상한 기습 공격은 없었다.

휘이이잉.

그의 움직임을 비웃듯 뜨거운 열풍이 방 안을 가볍게 쓸고 지나갔다. 그러나 중년인은 긴장을 풀지 않았다. 보통 예기치 않은 방문은 좋은 이유보다는 나쁜 이유가 많았기 때문이다. 그래서 중년인은 잔뜩 긴장한 얼굴로 주변을 빠르게 훑었다.

"덩치와는 어울리지 않는 날렵한 몸놀림이군."

스윽.

잠시 후 활짝 열린 창문으로 한 명의 청년이 걸어 들어왔다. 방금 전에 들려왔던 음성의 주인공이었다. 그런데 이상한 점이 있었다. 암살자라면 대부분 은밀함을 최우선으로 삼는데 청년에게선 그런 게 전혀 느껴지지 않았다. 단지 보이는 거라곤 여유와 담담함밖에 없었다. 분명 좋은 의미의 방문은 아닐 터인데 말이다.

"여길 어떻게 들어왔지?"

"그게 가장 궁금한 모양이군. 내가 누구인지보다."

"그렇다."

곰보가 가득한 중년인, 달리 독사라고 불리는 그가 날카로운 눈빛으로 청년을 노려보며 대답했다. 그러나 그의 강렬한 안광에도 청년은 그다지 긴장한 기색을 보이지 않았다. 여전히 담담한 얼굴로, 어찌 보면 대범해 보이는 표정으로 서 있기만 했다.

"간단히 말하면, 걸어서 들어왔다."

"걸어서?"

"그래."

짧은 청년의 대답에 독사가 어리둥절한 표정을 지었다. 왜냐하면 그의 장원에는 항시 서른 명이 넘는 수하가 상주하고 있었기 때문이다. 그래서 독사는 미간을 좁혔다.

"아무도 만나지 못했나?"

“만났지.”

“다 죽인 모양이로군.”

독사가 굳은 얼굴로 중얼거렸다. 수하들을 만나고도 이처럼 멀쩡하다면 답은 하나밖에 없었다. 때문에 그는 지레짐작을 해버렸다.

“꼭 지 같은 생각을 하는군.”

“안 죽였나?”

“죽이진 않았다. 다만 앞으로의 여생이 약간 고달프게 만들어 주었지.”

“목적이 뭐지?”

독사가 애써 태연한 표정을 지으며 물었다. 청년을 상대로 협상을 하려는 것이었다. 한데 청년의 표정이 의미심장했다.

“말해주면 들어줄 건가?”

“내가 들어줄 수 있는 것이라면.”

“그렇다면 대화가 될 것 같기도 하군.”

“앉겠나?”

의외로 말이 통하는 것 같자 독사가 반색한 표정을 지으며 자리를 권했다. 하지만 청년은 독사의 친절한 말에도 단호하게 고개를 저었다.

“그럴 필요까지는 없을 것 같군. 대화라 해봤자 난 말하고 당신은 대답만 하면 되니까.”

“무엇을 원하나?”

독사가 단도직입적으로 물었다. 눈치로 보건대 청년이 원하는 것이 따로 있음을 알 수 있어서였다. 그래서 그는 돌려 말하지 않고 노골적으로 물었다.

“당신의 전 재산.”

“……그건 들어주기 힘들 것 같은데.”

“목숨보다도 돈이 더 소중하다는 건가?”

스으윽.

독사의 얼굴이 일순 딱딱하게 굳어졌다. 어디서 나타난 것인지 차가운 도신이 목에 닿아서였다.

“다, 다른 것으로는 안 되나?”

“미안하지만 다른 것은 필요치 않군.”

“잘 생각해 보면 있을 것 같은데…….”

“말이 많군.”

주르륵.

도신이 닿은 부위에서 피가 흘러나왔다. 도를 들고 있는 남자가 서늘한 말과 함께 손을 움직인 것이었다.

“자, 잠시만!”

“예, 아니오로만 대답하도록.”

“으음!”

단호하기 짝이 없는 남자의 음성에 독사가 침음성을 흘렸다. 동시에 재빠르게 머리를 굴렸다. 이 난감한 상황을 어찌 타개해야 할지 궁리하는 것이었다. 하지만 그는 몰랐다. 그의 속마음을 눈앞의 청년은 모두 꿰뚫어보고 있다는 사실을.

"역시 대화가 통하지 않는군."

"처리하겠습니다."

"나, 나를 죽이면 내 재산은 절대 찾을 수 없다!"

"그건 걱정하지 않아도 돼. 그쪽 방면에 전문가가 있으니까."

스걱.

독사의 목에 도신을 대고 있던 남자, 위지명은 조금의 망설임도 없이 목을 베었다. 그런데 놀랍게도 절단된 부위에서 피가 솟구치지 않았다. 워낙에 예리하게 잘렸기에 피가 흘러나오지 않는 것이었다.

"끝났어요, 장주님?"

"아아. 밖은 어때?"

독사의 시체를 짐짝처럼 내동댕이치는 위지명을 일별하며 강진혁이 고개를 돌렸다. 그러자 창밖에 옹기종기 모여 있는 아이들의 모습이 눈에 들어왔다.

"여기는 정리 다 끝났어요! 근데 모두 살려두실 거예요?"

"그럼 죄다 죽일까?"

"그게 깔끔하고 좋지 않을까요? 살려둬 봤자 또 사람들에게 폐만 끼칠 텐데."

황운월이 예쁘장한 얼굴과는 어울리지 않는 섬뜩한 말을 아무렇지 않게 해댔다. 그것도 얼굴 하나 찡그리지 않고. 그래서 강진혁은 살짝 얼빠진 표정을 지었다.

"넌 어째 여자아이가 웬만한 남자아이보다 더 잔인하냐."

"어머? 잔인하다니요? 전 단지 삭초제근을 위해서 말씀드린 거예요."

황운월이 무슨 소리냐는 듯이 두 눈을 깜빡이며, 최대한 순수한 표정을 지으며 대꾸했다. 하지만 그녀의 말에 동의하는 사람은 안타깝게도 없었다. 하나같이 강진혁과 똑같은 표정을 지으며 고개를 미약하게 내저었다. 심지어 형문설마저도.

"굳이 다 죽일 필요는 없다. 죗값만 받으면 될 일이니까. 그리고 아마 죽는 것보다 살아가는 게 더 힘들 거다. 그동안 저질렀던 업보가 고스란히 되돌아올 테니까."

"아!"

강진혁의 말을 이해했는지 황운월이 두 눈을 반짝였다. 아마 모르긴 몰라도 속으로 신 나 하고 있는 게 분명할 터였다.

"명아."

"예, 주군."

"회에 연락해서 독사파의 전 재산을 몰수해. 계약서도 모두 찾아서 불태우라 하고."

"알겠습니다."

삼 년이 지났어도 여전히 깍듯한 위지명의 모습에 강진혁은 고개를 주억거린 후 주위를 가볍게 훑어보았다. 그러자 곳곳에서 신체 부위를 붙잡고서 신음을 흘리고 있는 독사파 인원들의 모습이 눈에 잡혔다.

"저들의 재산도 잊지 말고 다 회수하라 그래. 어차피 다 사람들에게서 갈취한 것일 테니."

"예."

강진혁은 조금의 여지도 두지 않고 확실하게 말했다. 남겨주는 것은 목숨뿐이라는 듯이 독사파 인원들의 모든 것을 회수했던 것이다. 잠시 후 위지명의 연락에 의해 호풍회의 사람들이 찾아와 독사파의 장원을 이 잡듯이 샅샅이 뒤지기 시작했다. 강진혁의 명령대로 독사파의 재산을 몰수하기 시작한 것이다. 그리고 그것을 부당하게 돈을 빼앗긴 사람들에게 다시 되돌려 주었다.

"헤헤헤. 역시 이럴 때가 기분이 가장 좋아."

"주먹을 쓸 때가 아니라요?"

"뭐라고?"

바삐 움직이는 사람들을 구경하듯 바라보며 중얼거리던 황운월이 일순 무서운 표정을 지으며 옆에 있는 형문설을 째려봤다. 그러나 이런 일이 하루 이틀이 아닌 듯 순진한 얼굴의 협문설은 조금도 겁먹지 않았다.

"언니는 누구를 때릴 때 가장 신 나 하잖아요."

"누가 들으면 오해하겠다. 내가 이상한 여자라고."

"이상한 여자까지는 아니고, 왈가닥이기는 하지."

"둘째 오빠!"

슬그머니 대화에 끼어든 황운성을 향해 황운월이 버럭 소리를 질렀다. 하지만 그녀의 반박에도 다른 사람들은 인정을 해주지 않았다.

"장난은 그쯤하고, 이제 또 움직여야지. 아직 갈 곳이 많으니까."

"예, 장주님."

"잠깐만요! 말은 끝까지 하고……!"

"자, 가자!"

황운월이 아직 할 말이 남았는지 벌게진 얼굴로 소리쳤지만, 황운일은 대수롭지 않게 동생들을 이끌고 움직였다. 그녀가 아예 말을 하지 못하도록 선수를 친 것이었다. 그에 황운월이 입술을 삐죽 내밀고서 오빠들을 따라 달리기 시작했다.

짙게 내리깔린 그늘로 인해 한낮임에도 음산하게 느껴지는 계곡에 일단의 무리가 나타났다. 그런데 무리의 구성이 상당이 독특했다. 두 명을 제외하면 상당히 앳되어 보이는 소년

소녀들로 이루어져 있었던 것이다.

"생각했던 것보다는 그렇게 대단해 보이지 않는데요?"

명왕곡의 입구에 도착한 황운월이 두 눈을 반짝이며 주변을 살폈다. 하지만 이내 그녀는 실망감이 가득한 표정으로 고개를 저었다.

"이름만 거창하지 명왕곡은 그다지 큰 세력은 아냐."

"그래도 나름 복건성에서는 손가락에 꼽는 곳이지 않아?"

황운월이 큰 오빠인 황운일을 바라보며 물었다. 그녀가 듣기로 명왕곡은 적어도 복건성에서는 구대문파 못지않은 위세를 가진 곳이었기 때문이다.

"그래 봤자 복건성 안에서지."

"하긴."

"그보다 어찌할까요?"

황운월을 간단히 수긍시킨 황운일이 진지한 얼굴로 강진혁에게 물었다. 이제부터 어떻게 할 것인지에 대해 물은 것이었다.

"일단 대화를 해봐야지. 명아."

"예, 주군."

아이들과는 달리 위지명과는 어느 정도 얘기가 된 모양인지 강진혁은 담담하게 그를 불렀다. 그러자 위지명이 기다렸다는 듯이 명왕곡의 입구라 할 수 있는 다리로 다가갔다.

쉬이익!

한데 그때 갑자기 파공음이 들려왔다. 위지명이 다리로 다가가자 어디선가 작은 비도 하나가 날아왔던 것이다. 그에 위지명은 발걸음을 멈춰 세웠다.

푹!

비도는 정확히 위지명의 발 앞에 떨어져 박혔다. 그러나 위지명은 비도를 힐끗 쳐다보기만 할 뿐 겁먹거나 하지 않았다.

"의뢰는 다리 앞에서 해라."

사람은 보이지 않는데 목소리는 선명하게 들려왔다. 그것도 특정한 위치가 아닌 사방에서. 그것으로 보아 은신하고 있는 살수가 제법 뛰어난 실력자임을 짐작할 수 있었다. 하지만 정작 강진혁을 비롯한 아이들은 그 사실을 크게 신경 쓰지 않았다.

"굳이 다리를 건너겠다면?"

"일행까지 모두 죽겠지."

"가능할 것 같나?"

위지명의 입가에 희미한 미소가 떠올랐다. 마치 할 수 있겠냐고 도발하는 듯한 미소였다.

"세상을 살기 싫은 모양이군."

"후후후!"

나지막하지만 살기가 가득한 음성이 사방에서 들려왔다.

그야말로 온몸의 털이 모두 곤두설 정도의 오싹한 음성이었다. 하지만 그럼에도 위지명은 웃었다. 그것도 대놓고 웃음을 흘렸다.

"의뢰인이 아니라 미친놈이었군."

"명왕곡주를 데려와라. 모두 죽기 싫으면."

웃음을 뚝 그친 위지명이 말했다. 하지만 대답은 없었다. 상대할 가치가 없다는 듯이 살수가 무시했던 것이다. 대신 섬뜩한 살기가 사방에서 옥죄어오기 시작했다.

"역시 말이 통하지 않는군."

"원래 모자란 자들은 직접 겪어봐야 깨닫잖아요."

"그게 참 무식한 방법인데 말이지."

역시나 예상했던 대로 나오는 명왕곡의 모습에 강진혁이 혀를 찼다. 그러자 옆에 서 있던 황운일이 웃으며 맞장구쳤다.

"근데 위지 오라버니도 장난이 좀 심하신 거 같아요. 장주님의 별호를 대면 그래도 이렇게까지는 안 되었을 텐데."

"정말 그렇게 생각해?"

"에? 아닌가요?"

강진혁의 반문에 황운월이 고개를 갸웃거렸다. 왠지 모르게 강진혁의 말투는 그럴 리 없다고 말하는 듯했기 때문이다.

"당연히 아니지. 아마 저 녀석들은 명이가 우리의 정체를 밝혔어도 믿지 않았을걸.”

“그래도 나름 살수문파인데요?”

“그러니까 더더욱 믿지 않지. 나나 명이가 이런 변방에 찾아올 리가 없다고 여길 테니까.”

“아아.”

황운월이 이해하는 표정을 지었다. 위지명은 약간 모자란 감이 없지 않아 있지만 강진혁의 이름은 확실히 무게감이 남달랐다. 현 강호에서 천하제일인에 가장 근접해 있는 사람이 바로 그였으니까. 때문에 황운월은 이제야 강진혁이 말한 의미를 확실히 이해했다.

스스슥!

강진혁이 황운월과 대화하고 있는 그때 명왕곡의 살수들이 움직였다. 물론 은신술을 펼치고 있었기에 육안으로 보이지는 않았다. 하지만 강진혁이나 위지명은 살수들의 위치를 정확하게 파악하고 있었다.

스으윽!

그 사실을 증명하듯 위지명은 너무나 쉽게 살수들의 공격을 피해냈다. 심지어 그는 도조차 뽑지 않았다. 그 말은 달리 말하면 지금 앞에 있는 살수들의 수준이 낮다는 뜻이기도 했다.

“한 수는 있는 미친놈이었군.”

“말이 많군. 살법을 펼치는 자들치고.”

“홍!”

마치 훈계하는 듯한 위지명의 말에 공격을 가했던 살수가 두 눈에 살광을 번뜩이며 콧방귀를 끼었다. 그리고는 감쪽같이 모습을 감추고서 암습을 펼쳐왔다.

쉬이이익!

살수가 모습을 감추기 무섭게 사방에서 날카로운 비도 수십 개가 허공을 갈랐다. 말 그대로 허공을 빽빽이 채우는 공격이었다. 하나 아쉽게도 위지명의 몸에 닿은 비도는 단 한 개도 없었다.

푸푸푸푹!

위지명이 피한 비도가 애꿎은 바닥에 구멍을 뚫어놓을 때 사방에서 살수들이 절묘한 합격진을 이루며 공격해 왔다. 그야말로 소리 없는 접근이었다. 하지만 그러한 움직임에도 불구하고 쓰러진 쪽은 살수늘이었다.

툭! 투욱!

살수들이 무언가 번뜩였다고 느낀 순간 세상이 깜깜해졌다. 너무나 빠르게 목이 잘렸기에 자신이 죽은지도 모르고 쓰러진 것이었다.

“이럴 수가…….”

달려든 네 명 중 운 좋게 살아남은 한 명의 살수가 유일하게 드러난 두 눈을 휘둥그레 뜨고서 위지명을 바라봤다. 보고도 믿기지 않은 상황에 경악한 것이었다. 더불어 그는 위지명의 무위를 조금이나마 엿볼 수 있었다.

"살수로서 실격이로군. 아무리 충격적인 상황이라고 하나 살수가 입을 열다니."

"……."

지켜보던 강진혁이 혀를 찼다. 보면 볼수록 어째 곽휴의 살문과는 너무나 비교되었던 것이다. 그리고 그 마음은 아이들도 마찬가지인 듯 얼굴에 실망스러운 기색이 완연했다.

"다시 한 번 말하마. 명왕곡주를 데려와라."

"……그래서 날 살려둔 건가?"

"자꾸 달려들면 귀찮으니까. 그리고 당신이 데려오는 게 가장 빠를 테고."

살수의 눈빛이 멍해졌다. 설마하니 복건성에서는 구대문파 못지않은 위세를 가진 명왕곡이 이런 굴욕을 당할 줄은 몰랐다는 기색이었다. 하지만 위지명은 치욕적인 언사를 내뱉고도 아무렇지 않은 표정으로 당당히 서 있었다. 그에게 있어 명왕곡은 딱 이 정도 수준이었으므로.

"후회할 것이다."

"글쎄. 과연 어느 쪽이 후회할까?"

정신을 차린 듯 매서운 살기를 일으키는 살수를 응시하며 위지명이 조소를 흘렸다. 그러자 살수에게서 흘러나오는 살기가 더욱 짙어졌다.

"원하는 대로 해주지."

스슥!

한참 동안 위지명을 노려보던 살수가 자리를 박찼다. 그러나 위지명이나 강진혁, 아이들은 조금도 긴장하지 않았다. 살수가 그 어떤 말을 해도 소용없음을 그들은 잘 알고 있어서였다.

파파파팟!

잠시 후 수십 개의 그림자가 솟구쳤다. 바로 명왕곡에 상주하고 있던 모든 살수가 나타난 것이었다. 한데 숫자로 압박감을 주려는 게 목적인 듯 그들은 모습을 감추지 않았다.

"네놈이냐? 감히 나를 오라 가라 한 놈이?"

"그렇다."

"허!"

수하들을 대동하고서 마지막에 느릿하게 모습을 드러낸 거구의 살수가 위지명의 대답에 헛웃음을 흘렸다. 이 상황에서도 여유를 잃지 않고 할 말을 다하는 모습에 기가 찼던 것이다. 그리고 한편으로는 대단하다는 생각도 했다. 이만한 배짱을 지닌 이는 적어도 복건성에서는 보기 힘들었기 때문이다.

“명왕곡주도 왔으니 이제 대화를 좀 해볼까.”

“응?”

위지명을 노려보던 명왕곡주가 살기 넘치는 이곳과는 어울리지 않는 태연한 음성에 고개를 돌렸다. 도대체 어떤 인물이 입을 연 것인지 궁금했던 것이다. 그러다가 강진혁과 아이들을 발견한 명왕곡주는 기가 차다 못해 어이없는 표정을 지었다.

“지금 저런 놈들 때문에 대 명왕곡이 흔들린 것이냐?”

“죄송합니다.”

“이런 쓸모없는 것들!”

명왕곡주가 붉어진 얼굴로 소리쳤다. 보고도 어이없는 이 상황에 대노한 것이었다. 그에 그를 데려온 살수가 고개를 들지 못하며 바닥에 무릎을 꿇었다.

서걱!

하나 명왕곡주는 오체투지한 수하의 모습에도 화가 풀리지 않는지 허리춤에 있던 박도를 꺼내 단숨에 목을 베어버렸다. 순간의 울화를 참지 못하고 죽어 버린 것이었다.

“내부 문제는 나중에 처리하고 우선은 나와 대화를 했으면 하는데.”

아직도 화가 풀리지 않는지 피가 묻어 있는 박도를 들고서 씩씩거리는 명왕곡주를 향해 강진혁이 말했다. 그러자 명왕곡주가 살기 넘치는 눈빛으로 강진혁을 노려봤다.

"지금 상황에서 대화가 가당키나 하다고 생각하느냐?"

"말투가 심히 거슬리는군."

다짜고짜 강진혁에게 하대를 하는 명왕곡주의 모습에 위지명이 처음으로 살기를 드러내며 말했다. 그러자 순식간에 주변의 분위기가 바뀌었다. 단순히 살기를 드러냈을 뿐인데 싸늘한 한기가 주위를 가득 채웠던 것이다. 심지어 살수 몇몇은 몸을 떨기도 했다.

"으음!"

명왕곡주 역시 위지명의 살기에서 범상치 않음을 느낀 것인지 살짝 놀란 표정을 지었다. 예상했던 것보다 무위가 더욱 뛰어난 것 같자 긴장한 것이었다.

"말투를 조심해야 할 거야. 명이는 그 부분에 대해서는 철두철미하니까."

"그렇게 하지 않다면 죽이겠다는 뜻으로 들리는군."

"아마도?"

말투를 바꾼 명왕곡주가 힐끔 위지명을 바라봤다. 그러자 무심하기에 더욱 섬뜩한 살기를 느낄 수 있었다.

"정체가 궁금해지는군."

"어디서 이런 실력자들이 나타났는지가 말이지?"

"그렇다."

"그거야 별로 어렵지 않지."

강진혁이 장난스러운 표정을 지었다. 자신의 정체를 밝힌 후의 명왕곡주가 어떤 표정을 지을지 능히 예상이 가기에 웃음이 절로 나왔다.

"우선 저 동생의 이름은 위지명이다."

"위지명?"

명왕곡주가 미간을 좁혔다. 어디선가 들어본 듯한 이름이긴 한데 별호가 곧바로 떠오르지가 않았다. 그래서 명왕곡주가 뒤를 슬쩍 바라봤다. 그런데 그의 심복이자 오른팔이며 명왕곡의 이인자라 할 수 있는 귀안살(鬼眼殺)의 표정이 심상치 않았다.

"저, 적사자도입니다."

"적사자도? 헉!"

몸을 바르르 떨며 대답하는 귀안살의 말에 명왕곡주가 두 눈을 부릅뜨며 화들짝 놀랐다. 적사자도가 이곳에 있다는 것은 '그'도 함께 있다는 뜻이었기 때문이다.

덜덜덜!

거기까지 생각이 닿자 명왕곡주는 차마 고개를 돌릴 수가 없었다. 자신이 누구한테 건방지게 말을 했는지 깨달았기에 감히 눈을 마주할 엄두가 나지 않았다.

"내 정체는 굳이 말 안 해도 알겠지?"

"그, 그렇습니다."

가까스로 몸을 돌린 명왕곡주가 심할 정도로 말을 더듬으며 대답했다. 그러나 그 모습을 이상하게 여기는 살수들은 없었다. 그들 역시 강진혁의 정체를 짐작할 수 있었기에 최대한 눈에 거슬리는 행동을 하지 않았다.

"하지만 믿지 않을 수도 있으니 확인시켜 주는 게 맞겠지."

쿠아아앙!

특별히 자세를 잡지도 않았는데 허공에 짙푸른 색의 용 한 마리가 나타났다. 바로 강진혁의, 신풍(神風)의 성명절기라 할 수 있는 풍룡강기였다.

콰콰콰쾅!

풍룡강기를 만들어낸 강진혁은 집채만 한 바위를 단숨에 날려 버렸다. 말 그대로 신분을 증명해 보인 것이었다. 그러자 명왕곡의 살수들이 감히 강진혁과 눈을 마주치려 하지 않았다.

"무, 무슨 일로 저희 곡에 찾아오셨는지요?"

"충고이자 경고를 좀 하려고."

명왕곡주가 조심스러운 어조로 물었다. 강진혁의 뜻에 따라 오늘 명왕곡이 사라지느냐, 존속하느냐가 달렸기에 그는 최대한 강진혁의 심기에 거슬리지 않도록 조심했다.

"경청하겠습니다!"

"명왕곡이 복주 인근을 관리하는 것으로 알고 있다."

"그렇습니다."

"근데 상납금을 너무 많이 걷는 것 같더군. 고리대금업도 하고."

강진혁이 나지막하게 말했다. 하지만 그 말에 담긴 의미는 분명했다. 그렇기에 명왕곡주는 마른침을 꿀꺽 삼켰다.

"오늘부로 받지 않겠습니다!"

"아아, 그렇게까지 할 필요는 없어. 상납금을 받는 게 이곳만 그러는 것도 아니고. 다만 고리대금업은 그만두도록 했으면 하는데. 상납금도 도에 지나치지 않게 받고."

"그리하겠습니다!"

"말이 통해서 좋군. 말이 안 통하면 어떡하나 고민했었는데."

강진혁이 다행이라는 듯이 웃었다. 하지만 명왕곡주를 비롯한 살수들은 웃을 수 없었다. 어느새 움직인 것인지 강진혁의 곁으로 다가간 위지명이 무서운 기세를 뿌려댔기 때문이다.

마치 강진혁의 말에 따르지 않는다면 죄다 죽여 버리겠다는 듯이 말이다. 그래서 명왕곡주는 부리나케 대답했다.

"저희야말로 이렇게 말씀을 해주셔서 감사합니다."

"그렇다면 다행이고. 그럼 그리하는 걸로 믿고 이만 가지."

"조심히 가십시오!"

"아, 그리고 혹시나 해서 말해두는데, 만약 나와의 약속을 지키지 않을 시에는 각오하는 게 좋을 거야. 지금처럼 좋게 말로 끝내지는 않을 테니까."

꿀꺽!

사방에서 침을 삼키는 소리가 들려왔다. 갑자기 뿜어져 나온 거대한 존재감에 하나같이 바짝 얼은 것이었다. 하지만 그 존재감은 삽시간에 감쪽같이 사라졌다.

"며, 명심하겠습니다!"

"가자, 애들아."

창백한 얼굴로 대답하는 명왕곡주를 일별하며 강진혁이 몸을 돌렸다. 앞으로 갈 곳이 많기에 서두르는 것이었다. 그러자 위지명을 비롯한 아이들이 곧바로 강진혁의 뒤를 따랐다.

終章

　천고마비(天高馬肥)의 계절이 거의 끝나가는 늦가을에 강
진혁은 떨어지는 낙엽을 바라보며 멍하니 서 있었다.

　휘이이잉!

　조금은 쓸쓸하게 보이는 강진혁을 위로해 주려는 듯 한줄
기 선선한 바람이 불어와 그를 감싸 안았다.

　"왔나?"

　"오랜만이군."

　가만히 나무를 바라보고 있던 강진혁이 입을 열며 몸을 돌
렸다. 그러자 어느새 나타난 것인지 깔끔한 흑의무복을 차려

입은 한 명의 청년이 모습을 드러냈다.

"여전한 모습이군."

"너 역시."

강진혁은 세월이 지났어도 하나도 변하지 않은 윤무강의 모습에 미소를 지었다. 그리고 그건 윤무강 역시 마찬가지인 듯 옅은 미소를 짓고 있었다.

"검마군은 아래에 있는 모양이군."

"이건 너와 나와의 대결이니까. 게다가 이번은 진짜로 붙을 테니 위험하기도 하고."

"호오. 성격이 조금은 유해졌군. 그런 것도 신경 써주고."

"나이를 먹었으니까."

윤무강이 어깨를 으쓱이며 대답했다. 그 모습에 강진혁은 새삼 윤무강이 많이 변했음을 느꼈다. 예전에는 말도 짧고 표정도 거의 없었는데 지금은 그렇지가 않았다.

"그럼 슬슬 시작해 볼까."

"아, 그전에 묻고 싶은 게 하나 있다."

"물어봐."

"세상을 바꾼 것 같나?"

강진혁이 눈을 동그랗게 떴다. 정말 생각지도 못한 질문이었기 때문이다. 그래서 강진혁은 말을 바로 잇지 못했다.

"으음. 조금은?"

“자신의 성과를 의외로 과소평가하는군.”

“그럼 아닌가?”

“여기 오는 동안 내가 보고 겪어본 결과 많은 것이 변했더군. 적어도 예전처럼 함부로 일반 양민을 대하는 자들은 별로 없었다.”

강진혁이 기분 좋은 미소를 지었다. 윤무강이 허튼 말을 하는 성격이 아니란 걸 누구보다 잘 알고 있어서였다. 그래서 강진혁은 뿌듯함을 느꼈다.

“기분 좋은 말이군. 한데 그건 이곳이라서 유독 그런 것뿐이다. 다른 곳은 아직도 크게 달라지지 않았어.”

“그건 시간이 해결해 줄 문제지.”

“후후. 근데 넌 어때? 너는 마도의 부흥을 책임져야 하는데.”

“준비는 차곡차곡 되어가고 있다. 몇 년 안에 사도(邪道)를 집어삼키는 마도를 볼 수 있을 거다.”

윤무강이 자신만만한 표정으로 말했다. 그 모습으로 보아 준비가 제법 잘되어가는 듯했다. 하지만 강진혁이 생각하기에 지금 당장 시작해도 괜찮을 것 같았다. 윤무강이라는 존재 자체만으로 사도를 압박하기에 충분했기 때문이다.

“빛과 어둠의 관계라.”

“빛이 있어야 어둠이 있고, 반대로 어둠이 있어야 빛이 있는 법이지.”

“그렇긴 하지.”

적대하는 백도와 마도였지만 둘 다 알아야 했다. 어느 한쪽만 존재할 수는 없다는 사실을. 그러나 그 사실을 알고 있는 사람은 양쪽을 다 찾아봐도 극히 드물었다.

“대화는 이쯤하고, 본론으로 넘어가도록 하지.”

“그럴까.”

후우우웅!

강진혁의 기세가 달라졌다. 말이 끝나기 무섭게 그의 전신에서 어마어마한 존재감이 터져 나오기 시작했다. 거대한 산조차 단숨에 뒤덮어 버릴 정도로.

“많이 강해졌군.”

“수련을 허투루 하지 않았거든. 그리고 이기고 싶은 상대가 있기도 했고.”

“그건 나와 똑같군.”

파지지지직!

강진혁에 이어 윤무강 역시 기운을 개방하자 두 사람 사이에서 번갯불이 일었다. 두 사람의 기운이 격렬하게 부딪쳤기에 일어난 현상이었다.

“길게 갈 필요는 없겠지?”

“물론.”

우우우웅!

두 사람의 손에서 동시에 묵직한 공명음이 흘러나왔다. 그러더니 전혀 다른 빛깔을 가진 검 두 자루가 생성되었다. 놀랍게도 두 사람 다 오직 순수한 기운만으로 검을 만들어낸 것이었다.

스윽.

서로의 검을 잠시 주시하던 둘은 이번에도 동시에 움직였다. 그런데 신기하게도 둘이 취한 행동이 똑같았다. 둘 다 자신의 검을 허공으로 던진 것이었다. 하지만 두 검이 일으킨 변화는 완전히 달랐다.

스스스슥!

윤무강의 칠흑처럼 검은 빛깔의 검은 허공에서 열두 자루로 나누어졌다. 한데 검이 뿌리는 기세는 전혀 약해지지 않았다. 오히려 더욱 강렬해졌다.

웅웅웅!

반면에 강진혁의 짙푸른 빛깔의 검은 점차 거대해졌다. 마치 이 세상을 모두 담아버릴 듯이 끝도 없이 커졌다.

"엄청나군."

그 모습에 윤무강이 순수하게 감탄했다. 저 정도로 크게 만들면서도 기운이 흐트러지지 않는다는 게 너무나 놀라웠던 것이다. 하지만 그렇다고 자신이 질 거라 생각하지는 않았다.

대결이란 힘만 세다고 이기는 것이 아니었기 때문이다.

"자, 남자답게 단판으로 승부를 내자고."

"좋지!"

꽈아아아앙!

두 사람의 목소리가 들림과 동시에 열세 자루의 검이 허공에서 격돌했다. 그러자 엄청난 굉음이 온천지를 뒤흔들었다. 두 사람의 전력이 담긴 일격인 만큼 가히 경천동지할 만한 충격파가 일어난 것이었다.

후두두둑!

두 사람의 격돌로 산 하나가 완전히 소멸해 버리며 거대한 흙먼지가 반경 오백 장을 휩쓸었다. 그로 인해 두 사람의 모습은 아예 보이지가 않았다.

우우우웅!

짙은 먼지 구름으로 인해 방원 오백 장 안이 아무것도 보이지 않을 때 희미한 공명음이 들려왔다. 동시에 한 자루 거대한 검이 허공으로 치솟으며 먼지 구름을 갈라 버렸다.

『신풍기협』완결

노주일 新무협 장편 소설
FANTASTIC ORIENTAL HEROES

청어람이 발굴한 신인 「노주일」
그가 선사하는 즐거운 이야기!

내 나이 방년 스물셋. 대륙을 휘몰아치는 전쟁에서
간신히 살아남아 고향으로 돌아왔다.
사실 전쟁은 이미 이기고 지는 건 문제도 아니었다.
단지 전후 협상만이 탁상공론으로 오고 갔을 뿐.
하지만 전쟁터에서는 항시 사람이 죽어 나갔다.
이유도 알지 못한 채 그냥.
그러던 차에 전후 협상처리가 되고 나서 전역했다.
그리고는 곧장 뒤도 돌아보지 않고 고향으로!

『이포두』

내 가족과 내 친구가 있는 곳으로!

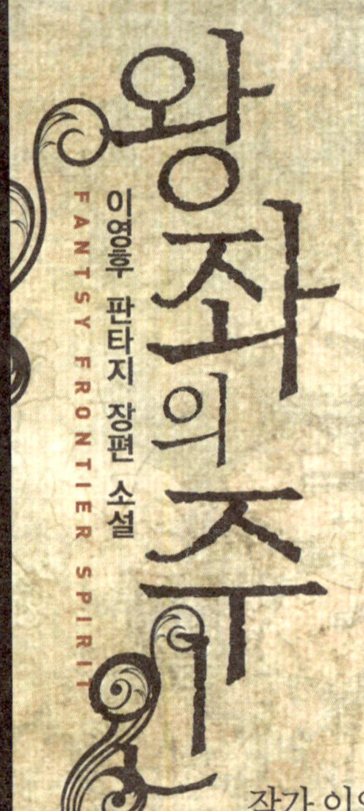

작가 이영후가 선보이는 야심작!
가슴을 떨어 울리는 판타지가 찾아온다!

『왕좌의 주인』

세계를 몰락 위기로 몰았던 이계의 절대자들
그들의 유적이 힘을 원한 자들을 불러들이고…
그 힘을 취한 어둠은 암암리에 세계를 감쌀 뿐이었다.

"세계를 구원할 것은 너뿐이구나."

어둠을 걱정한 네 영웅은 하나의 희망을 키워낸다.
이계 최강의 절대자 티엔마르.
그리고 이 모두의 힘을 이어받은 새로운 존재…
은빛의 절대자 레오!

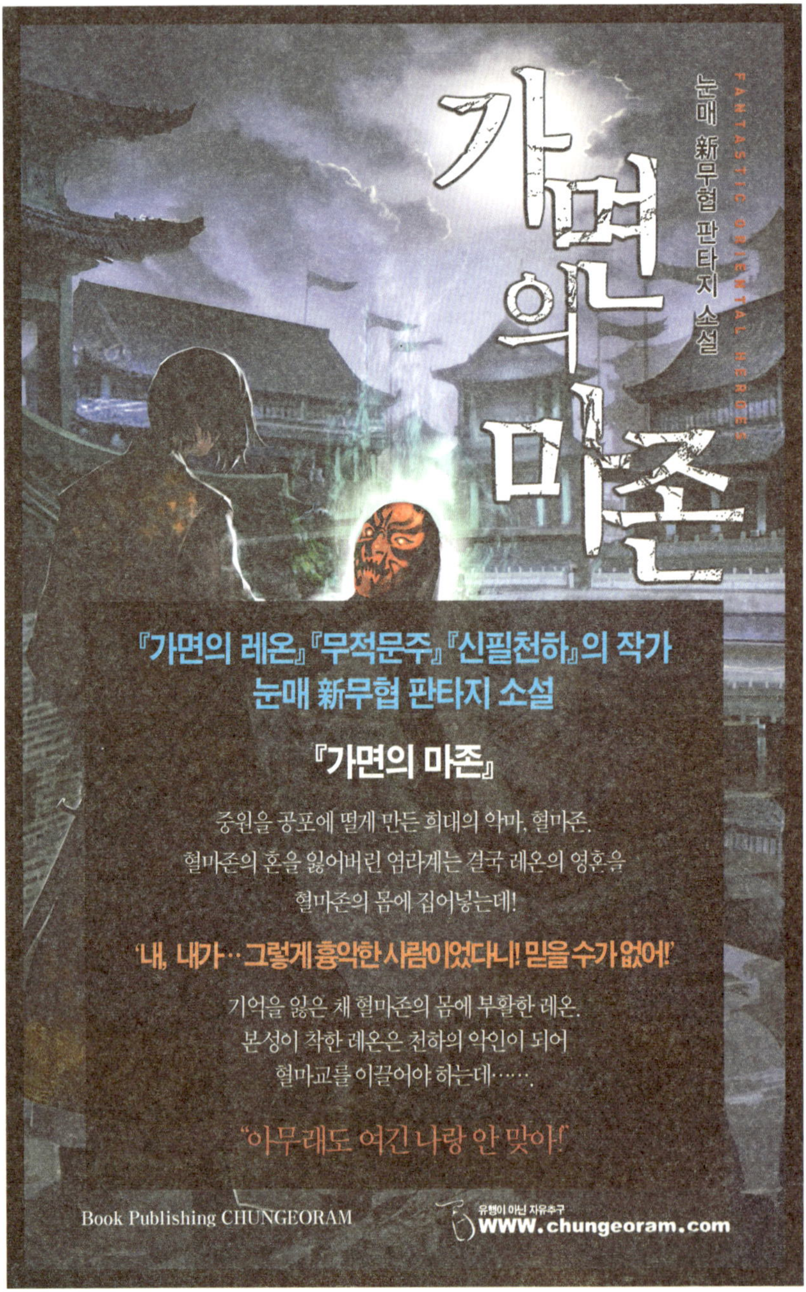
가면의 마존
눈매 新무협 판타지 소설
FANTASTIC ORIENTAL HEROES
『가면의 레온』『무적문주』『신필천하』의 작가
눈매 新무협 판타지 소설
『가면의 마존』
중원을 공포에 떨게 만든 희대의 악마, 혈마존.
혈마존의 혼을 잃어버린 염라계는 결국 레온의 영혼을
혈마존의 몸에 집어넣는데!
'내, 내가… 그렇게 흉악한 사람이었다니! 믿을 수가 없어!'
기억을 잃은 채 혈마존의 몸에 부활한 레온.
본성이 착한 레온은 천하의 악인이 되어
혈마교를 이끌어야 하는데…….
"아무래도 여긴 나랑 안 맞아!"
Book Publishing CHUNGEORAM
유행이 아닌 자유추구
WWW.chungeoram.com